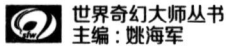

世界奇幻大师丛书
主编：姚海军

[美]查丽·恩·霍姆博格 著 小 酌 译

四川科学技术出版社

THE GLASS MAGICIAN © 2014 Charlie N. Holmberg
Published by 47North,Seattle
Through Andrew Nurnberg Associates International Limited
Simplified Chinese edition copyright: 2018 SCIENCE FICTION WORLD
All rights reserved.

图书在版编目（CIP）数据

玻璃魔法 /（美）查丽·恩·霍姆博格 著；小酹 译
-- 成都：四川科学技术出版社，2018.7
（世界奇幻大师丛书 / 姚海军 主编）

ISBN 978-7-5364-9103-8

Ⅰ .①玻… Ⅱ .①查…②小… Ⅲ .①科学幻想小说—美国—现代Ⅳ .① I712.45

中国版本图书馆 CIP 数据核字（2018）第 139703 号

图进字 21-2018-326 号

世界奇幻大师丛书

玻璃魔法

出 品 人	钱丹凝
丛书主编	姚海军
著　　者	[美]查丽·恩·霍姆博格
译　　者	小　酹
责任编辑	宋　齐
特邀编辑	梁　爽
封面绘画	郭　建
封面设计	李　鑫
版面设计	李　鑫
责任出版	欧晓春
出版发行	四川科学技术出版社
	四川省成都市槐树街 2 号 出版大厦　邮政编码：610031
成品尺寸	160mm×228mm
印　　张	16
字　　数	156 千
插　　页	2
印　　刷	四川省南方印务有限公司
版　　次	2018 年 11 月成都第一版
印　　次	2018 年 11 月成都第一次印刷
定　　价	36.00 元

ISBN 978-7-5364-9103-8

献给我的姐姐亚历克斯,感谢她在无人相信我时对我全心信任。

第一章

季夏的微风从厨房敞开的窗户吹进来，西奥妮的生日蛋糕上插着二十根蜡烛，烛焰在风中不断摇曳。当然，蛋糕不是西奥妮做的，没人会给自己做生日蛋糕。但她的母亲可是个好厨子，做面点尤其拿手。西奥妮敢打包票，这份洒着山樱花粉，填塞着果冻的精致甜点肯定非常美味。

可就在父母和三个弟弟妹妹为她唱生日歌时，她的思绪从眼前的甜品和庆典上飘走了。三个月前，她在预见之盒里读到了艾默里·塞恩的命运。从此，那影像就在她脑海里挥之不去——落日时分，空气中弥漫着三叶草的清香，在开满鲜花的山丘上，艾默里坐在她的身边，一双绿色的眼睛闪烁着明亮的光芒。两个孩子在他们周遭玩耍。

三个月过去了，这影像并没有成为现实。话说回来，西奥妮也没指望它真的发生，尤其是孩子那一部分，可事情总该有点儿进展吧。有了给艾默里——也就是魔法师塞恩——做学徒的这段经历，再加上随后拯救了他的心脏，他俩变得亲近了许多。可是，她还想再亲密点儿。

她的脑中天人交战，不知道生日愿望是应该祈求爱情还是耐心。

"蜡都滴到蛋糕上啦！"比西奥妮小两岁半的妹妹吉娜大声喊道。她站在桌子的另一头，焦急地跺着脚，气呼呼地吹开脸颊上的一缕黑发。

而年纪最小的妹妹，十一岁的玛歌，用手肘撞了撞西奥妮的臀部，"赶快许愿！"

西奥妮深吸一口气，鲜花盛开的山丘和落日仍然在眼前晃动。她弯下腰吹熄了蜡烛，小心翼翼地不让火焰烧着辫子。

十九根蜡烛熄灭了，厨房几乎漆黑一片。西奥妮赶紧吹熄了第二十根不合群的蜡烛，祈祷这千万不要是什么坏兆头。

一家人鼓掌欢呼起来，吉娜飞快地跑去打开挂在天花板上的电灯。灯泡闪了三下，炸裂开来，玻璃屑倾洒而下，黑暗骤然降临在大家周围。

"这下好了。"十三岁的马歇尔，西奥妮唯一的弟弟抱怨道。她听见弟弟的双手在桌上摸索, 在找火柴——或是想偷偷摸摸地尝块蛋糕。

"小心脚下!"西奥妮的母亲尖叫道。

"我知道, 我知道。"她父亲说着, 手伸向黑暗中模模糊糊的碗柜。过了一会儿, 他点燃了一根大蜡烛, 开始在某个抽屉里翻找备用灯泡, "不需要的时候就在手边儿!"

"好吧。"确认玻璃渣子没落到蛋糕上后, 西奥妮的母亲开口说, "就是有点儿黑而已, 没什么大不了。我们来切蛋糕吧! 玛歌, 细嚼慢咽!"

"终于可以吃了!"吉娜感叹道。

母亲熟练地切下一块三角形的蛋糕, 递给西奥妮。她接过来, "谢谢! 我真的很感激你们为我做的这些!"

"不管你长多大, 我们都会为你做蛋糕的。"她母亲回答道, 语气中甚至带了些怪她太客气的意思, 接着又自豪地说, "更何况还是为一位魔法师学徒做蛋糕。"

"那你有给我做什么吗?"马歇尔打量着西奥妮红色学徒围裙的口袋, 问道, "在上上封信里, 你答应过我的, 还记得吗?"

西奥妮点点头。她咬了口蛋糕, 放下盘子, 转身走向小小的客厅。她的皮包挂在客厅墙上生锈的挂钩上。马歇尔激动地跟了过去, 玛歌紧随其后。

西奥妮从皮包里抽出一张折叠起来、压平了的紫色纸, 感受着手指下那轻微的、熟悉的颤动。

马歇尔目不转睛地看着她。她把折纸抵在墙面上,借着墙折好了一只蝙蝠的翅膀和耳朵,仔细地调整了纸的边缘,确保魔法能够生效。接着,她握住蝙蝠的腹部,命令道:"呼吸。"

纸蝙蝠弓了起来,然后借着翅膀上的小纸勾,在她的手掌上立了起来。

"太神奇了!"马歇尔赞叹道,紧紧抓着蝙蝠,生怕它飞走。

他冲进和吉娜、玛歌共享的卧室。"小心一点!"西奥妮大声提醒道。

西奥妮又把手伸进包里,拿出一张书签。款式简单,很长,有一头是尖的。她把书签递给吉娜。

她的妹妹挑了挑眉,"呃,这是什么?"

"一张书签。"西奥妮解释道,"告诉它你正在读的书的名字,然后把它放在床头柜上,它就知道跟踪你的读书进度。"她指着书签的中部,那里覆着一块小小的正方形纸片,"页码会显示在这里,是我的笔迹。它同样适用于你的素描本。"

吉娜嘟哝道:"真古怪。不过还是谢谢了。"

玛歌用双手撑住下巴,"那我呢?"

西奥妮笑了笑,揉了揉玛歌橘黄色的头发,这种发色很衬她。接着她从皮包侧边的口袋里掏出了一朵娇小的郁金香,花茎是用绿色的纸折的,而六片花瓣则是红黄相间,边缘重叠在一起。

西奥妮把花递过去，玛歌张着的嘴呈现出了一个完美的 O 型。

"把它放在你的窗前，每天早上它都会盛开，跟真花一模一样。"西奥妮说，"但千万别浇水。"玛歌兴奋地点点头，小心地捧着郁金香，仿佛它是由玻璃制成的一样，沿着马歇尔刚才奔过的路线回卧室去了。

西奥妮和父母一起坐在客厅里，吃着自己的那份蛋糕。马歇尔和玛歌在他们的卧室摆弄着刚到手的新玩意儿，吉娜则前往议会广场赴约会去了。一条名叫比兹的杰克罗素犬懒洋洋地蜷在西奥妮的脚边，时不时地抬头讨一口蛋糕。为了做学徒，西奥妮不得不抛下了它一阵子。

西奥妮的母亲吃掉了第二块蛋糕，开口说："好吧，看来你过得不错。魔法师塞恩似乎是位非常不错的老师。"

"的确，他人很好。"西奥妮说，希望昏暗的烛光能掩饰悄悄爬上脸颊的绯红。她把蛋糕盘子放在地上，让比兹舔干净。

西奥妮的父亲拍了拍膝盖，长长地呼了一口气，"好了，我们还是给你叫辆车吧，让你回去不至于太晚。"他向窗外的夜空瞥了一眼，然后站起身，张开双臂，想拥抱西奥妮。

西奥妮跳起来，紧紧地抱住了父亲，然后是母亲。她承诺道："我很快就会回来看你们的。"不堵车的话，从艾默里的农舍到白教堂区的磨坊，路程不过一个多小时。她敢肯定，如果用上艾默里的纸滑翔机，十五分钟就能搞定。可他坚持认为这世界还没准备好接纳如此古怪的东西。而她也并没有经常回家，至少不像她原本想象的那样频繁。

父亲叫了车，西奥妮坚持自己付钱。不一会儿，她就坐进了小汽车的后座。小汽车吱吱嘎嘎地行驶在鹅卵石铺就的地面上，穿过拥挤的公寓楼，绕过城镇中的联排洋房。城市一片静谧，沿着出城的曲折道路，西奥妮看着邮局、杂货店、儿童公园在眼前一一掠过。她又透过车窗望向星空。离艾默里的农舍越来越近，星星也越来越多。汩汩的河水在伦敦郊野的道路旁流淌，路边的高秆草丛中，蟋蟀也在轻声鸣唱。

车停了，西奥妮的心跳越来越快。付过钱后，她下了车，穿过农舍的魔咒结界。这结界将农舍伪装成了一栋年久失修的别墅，窗户破碎，墙面坍塌。事实上，栅栏里面，是一幢被花园包围着的三层楼高的黄砖房，花园里有许多生机勃勃的纸花，在夜里并未绽放。应魔法内阁的邀请，艾默里参加魔法建筑材料会议去了，这一周都不在。现在，书房的窗户却亮着。西奥妮飞快地整了整衣裙，重新把辫子扎得一丝不乱。

西奥妮用钥匙开门的时候，就已经能听到门后的纸爪子兴高采烈地挠着门。刚一进去，"茴香"就扑进了她怀里，使劲摇着纸尾巴，亲热地直哼哼，用干干的纸舌头舔她的下巴。

西奥妮不禁笑道："蠢东西，我才离开不到一天。"她挠了挠狗的耳根，把它放回到地上。"茴香"小跑了两圈，然后跳到了玄关尽头的一堆纸骨头上。骨头被魔法唤醒，组成了艾默里的骷髅管家——犟头。西奥妮可是费了好大劲儿才习惯这位管家的。然而，为了避免每天早上被纸骷髅打扫床头板的动静吵醒，西奥妮仍然会锁紧房门。

"温柔些！"西奥妮警告正在舔舐犟头大腿骨的"茴香"。好在，"茴香"的纸牙齿也造不成什么实质性的伤害。她从闹成一团的"茴香"和犟头旁走过，打开了厨房的灯。厨房的陈设非常简单，在她右手边是一台小电炉，左边是 U 形橱柜，橱柜后面就是冰箱和后门。水槽里没有脏盘子，也不知道艾默里吃饭没有？

西奥妮想要准备些食物以防万一，但余光突然瞥见了餐厅中闪过的一抹亮色。餐桌上放着一个木制的花瓶，里面盛满了纸玫瑰，折叠得极为精致，看上去像真花似的。西奥妮缓缓走了过去，伸出一只手想要触碰那花瓣。花瓣是用艾默里存了很久的最纤薄的纸折成的，看上去纤巧精美。这些花甚至带有类似蕨类植物的叶子和饱满的尖刺。花瓶旁还放着一个椭圆形的发夹，用纸珠勾勒出了紧密的螺旋图纹，还涂了一层硬度很高的颜料防止它变形。西奥妮拿起发夹，用拇指摩挲着它的装饰。如果让她来制作这样精致的物件，至少得花掉好几个小时，更别说还有玫瑰了。

西奥妮看向玫瑰，从花束中央抽出一张方形纸片，上面用艾默里漂亮的草体写着"生日快乐"。

她的心怦怦直跳。

西奥妮将发夹别在耳后，把纸片塞进皮包一侧的口袋，这样纸片就不会被弄皱了，然后沿着楼梯上了二楼。上楼时，她揉了揉自己的脸颊，又整了整衬衣。书房的电灯光透出来，在走廊的硬木地板上投下了一道不规则的矩形阴影。

房间里堆满了书，艾默里坐在远端的书桌前，背对着西奥妮。他用一只手撑着头，手指玩弄着几缕乌黑卷曲的头发；另一只手翻着一本看起来极为古老的书。可惜西奥妮看不清到底是哪一本。

他的椅背上搭着一件灰绿色的长外衣。艾默里有七件长外衣，对应彩虹的七种颜色。他甚至在盛夏都穿着它们，除了七月二十四号。就在那天，他把靛蓝色的外衣扔出了窗户，然后把那天剩下的时间都花在了折折剪剪上，搞出了一场雪花漫天的暴风雪。到现在，西奥妮还时不时地发现雪花，有时是在柜台和冰箱的夹缝中，有时是在"茴香"的狗窝下面——被压在一起皱成一团的雪花。

她屈起右手食指，叩了叩门框。艾默里直起身子，转了过来。他刚刚真的没听到她进来么？

能在这个点儿到家，他一定赶了一整天的路。他看起来有些疲惫，但那双绿色的眼睛仍然炯炯有神。"真高兴再见到你。这一周除了坐在硬板凳上和那些古板的英国人交谈，我什么也没做成。"他皱了皱眉头，"还有，多亏了你，我觉得现在自己对食物挑剔极了。"

西奥妮笑了起来，暗自后悔刚刚那么用力地揉了自己的脸。她转过头，露出别在头发上的发夹，"好看么？"

艾默里的表情越发柔和了,"我觉得挺好看的,看来我的手艺不错。"

西奥妮翻了个白眼,"还真谦虚! 但还是谢谢你,给我做了这个,还有那些花。"

艾默里点了点头,接着说:"但恐怕我得告诉你,现在你可落后了一周的课程。"

西奥妮皱起了眉头,"你之前明明说我超前了两个月!"

他像是根本没听见她的话,重复道:"落后一周。"但也有可能是他真的没听见,西奥妮可是见识过他选择性失聪的本领的,"我决定还是让你学一学纸魔法的渊源比较好。"

"像谱系图那种?"她一边抚摸着她的发夹,一边问道。

"差不多吧。"艾默里回答道,"东边有个造纸厂,就在达特福德①。他们甚至有个分部专门负责魔法材料,不过那不重要。派翠丝想让你去那儿看看,后天出发。"

西奥妮点点头。魔法师阿维斯基已经通过电报告诉她了。

"我们就从那儿开始,一定会非常刺激的。"艾默里轻笑道。

西奥妮叹了口气,艾默里这么说,参观铁定很无趣。不过她也不惊讶,一个造纸厂能有什么刺激的地方?

"后天早晨八点,我们就要上车。"纸魔法师继续说道,"所以你得早起,我可以让犟头——"

①英国英格兰东南区域肯特郡的一个非都市区(地方第二级区政府),市议会所在地。

"不，不用了。我起得来。"西奥妮坚定地拒绝了。她转身向走廊走去，又停了下来，"你吃饭了吗？如果你饿的话，我可以做点儿吃的。"

艾默里朝着她笑，不只是唇角微扬，眼睛里也溢满了笑意。她爱死他的这种笑容了。

他回答道："我不饿，但谢谢你。睡个好觉，西奥妮。"

"你也是。别熬太晚。"她说完这句话，艾默里就转回去继续看书了。西奥妮的目光在他身上流连了一会儿，接着离开去洗漱了。

入梦之前，她把玫瑰放在了床头柜上。

第二章

西奥妮煎好烤饼，放上草莓，挤上奶油，早餐便做好了。她返身上楼，打开自己卧室的门窗，通通风。然后用团成一团的袜子和"茴香"玩了一会儿追球游戏。接着就开始完成艾默里去参加会议之前留给她的魔咒作业——剪出以她为原型的纸娃娃。

这个作业可没听上去那么容易，并不是因为纸娃娃的概念很抽象，而是她一来就需要别人的帮助。要知道，西奥妮可没法分毫不差地在纸上描出自己的轮廓。艾默里一走，犟头又握不住笔。西奥妮只好给魔法师阿维斯基发电报，想请她的学徒黛丽拉·伯杰帮忙。黛丽拉比西奥妮高一级，也是从塔吉斯·普拉夫魔法学校毕业的。但和西奥妮不同，她选择的是两年学制的课程。所以她俩曾有过交集。可是魔法师阿维斯基将黛丽拉使唤得团团转，直到西奥妮生日的前一天晚上，她才找到时间描图。

现在，西奥妮正坐在她卧室的地板上，拿着一把两年前从一位铁熔魔法师手上买来的剪刀。两片刀片可以剪断任何东西，而且永远不会变钝。她盯着剪子研究了一会儿，然后开始剪裁画着自己正面像的长页纸。如果她成了她向往已久的铁熔魔法师，现在也许就能知道剪刀到底被施了什么样的魔咒。但是，不管一开始是不是出于自己的选择，她都不后悔当艾默里的学徒。

剪出轮廓是一件很耗时间的事情。艾默里曾经提醒过她，剪错一点儿都有可能使魔咒失败；她可不想从头再来一次。当艾默里穿着扫到小腿肚子的靛蓝色外衣出现在门廊时，西奥妮已经剪出了左腿的轮廓，进行到左膝这部分了。

西奥妮小心翼翼地抽回了剪刀，抬头看他。艾默里眼里闪着光，仿佛被逗乐了。她做了什么滑稽的事情吗？

他宣布道："我决定了，作为今天的第一课，让我来教你怎么在纸牌游戏中出千。"

西奥妮把剪刀一扔，"我就知道你出千了！"

纸魔法师回答道："真聪明。"他用食指轻敲着脑袋的一侧，"除非你能弄清楚我是怎么做到的，不然你还是棋差一着。"

他笑了，打了个手势，"诸如此类的吧。来吧！"

西奥妮搂着"茴香"的肚子把它抱在怀里，免得它踩到纸娃娃，然后跟着艾默里走进走廊。直到关紧了自己的房门，才放下"茴香"。"茴香"在地板上东嗅嗅西嗅嗅，接着被浴室里的某样东西吸引了注意力，一溜烟跑得没了影儿。

艾默里坐在书房的地板上，旁边的桌上散乱地放置着一堆堆颜色不一、厚度不同的干净纸张。他将折纸板放在面前，然后从外衣的内兜里掏出一副普通的扑克牌。

跟大多数课程一样，西奥妮坐在他对面。艾默里手法纯熟地洗了洗牌，这让西奥妮十分好奇，他在成为一个折匠之前，到底做过些什么工作。虽然她曾经在他的心脏中逛了一圈儿，可并没有找到这事情的谜底，所以她认为自己最好还是别问。

"还记得我教你的文档定位魔咒吗？"他问。

她当然记得。不管是不是出于她自己的意愿，她都能记得几乎所有在她生活中发生过的事情。大部分的情况下，过目不忘的能力还是很能派上用场的。他从丢失心脏的创伤中恢复过来，第二天就把这个魔咒教给她了。也就在那天，西奥妮开始对他直呼其名。

她复述了课程的内容，"只要我和正在检索的纸张发生了身体接触，然后下达一个'种类'指令，再逐字背出我寻找的那张纸上的字词，就能找到想要的文件。"

要是在准备塔吉斯·普拉夫魔法学校的期中考试时就知道这咒语，倒是挺有用的。要知道期中考试可是决定了日后的专业方向啊。

艾默里赞许地点点头，"非常准确。只要牌堆没被做手脚，这咒语对纸牌就同样适用。你可以用特定的手势来指代不同的卡牌，在游戏中，每当你做出这个手势时，对应的纸牌就会被招来。让我先来示范一下。"

他把纸牌成扇形展开，也许是为了能触碰到每一张牌，然后说："种类：方块 K。"一张牌从牌堆上层抽离出来，飞向他。他伸出另一只手接住纸牌，再翻转过来。西奥妮看到正是一张方块 K。

接着，他把牌从西奥妮眼前抽了回去，好像自己真对着一位国王[①]说话似的，说道："重定义种类：手势。"然后，轻敲了一下鼻子右侧。艾默里将方块 K 塞进牌堆，重新洗了洗牌。然后给西奥妮和自己每人分发了五张牌，就好像他们往常玩扑克时那样。周二晚上，七点一刻的扑克游戏已经成为他俩的常规活动。

艾默里拿着牌，说道："现在，只要我很小声地说出'种类'两个字，牌能听见就成，再轻点鼻子，方块 K 就能接收到我的暗号了。一般来说，我比较喜欢在进玩牌的房间之前就发出指令。不过，你每偷一张牌，就得说一遍'种类'指令。"

他咳嗽了起来——西奥妮觉得自己好像在咳嗽声中听到了"种类"两个字——然后轻敲了下鼻子。方块 K 从牌堆中飞了起来，准确地落到了艾默里等着牌的那只手上。

"你真卑鄙。"话虽这么说，西奥妮还是忍不住笑了起来。如

---

① 扑克牌中的方块 K，代指国王恺撒。

果下次和吉娜玩红心游戏^①时采用这个小把戏,吉娜得被气成什么样子!

"洗牌或是发牌的时候,是作弊的最佳时机。"艾默里解释道,"当然,如果你的对手因为厨房里正在烹制东西而分心了,时机也不错。"

西奥妮刚想张嘴反驳,但最终还是闭上了嘴巴,扔给他一个难以忍受的表情。上周二,艾默里赢牌的时候,西奥妮正时刻担心着烤箱里的肉桂卷会不会煳掉。也许这就是为什么不管她输给艾默里多少钱,艾默里从来都一分不留。这个骗子!

她问道:"那我该如何在牌堆里做手脚呢?"

那种被逗乐的神情又闪现在了艾默里的眼睛里。他说:"这个我们改天再学。我可不能一次就兜底儿了。"他把纸牌递给西奥妮,让她自己试试。西奥妮选定了黑桃 Q,以快速地拉一下辫子作暗号。第一次尝试她就成功地召唤来了纸牌,这让她深感欣慰。

艾默里摸着自己的下巴道:"好了,下次我们可以好好地比试一下牌技了。"他把纸牌收好,放进外衣口袋,开始传授下一个魔咒。他起身抽出了两张 8.5 英寸乘 11 英寸、中等厚度的白纸,将它们放在了折纸板上。他和西奥妮对视了良久,然后才返回刚刚的位置坐下。西奥妮并不知道他到底在想什么,最近艾默里越来越善于隐藏自己的想法了。

---

①1880 年前后源于美国的一种纸牌游戏,玩牌者都避免吃进有红心的墩。

"我现在要教你波动咒了，这个咒语可不能急于求成。"他看着手中的长方形纸解说道，"纸张的厚度对咒语的影响很大——纸越厚，波动越剧烈。"

"什么波动？"西奥妮问道，两道眉毛紧紧地绞在了一起，"我从没听说过什么波动咒。"

艾默里得意地笑起来，然后折出了一个正方形——先对折出一个三角形，用圆盘裁切器把剩下的部分裁掉，展开三角形就变成正方形了。接着，他将正方形对折成三角形，又再做了一次全点折，使它成了一个更小的等腰三角形。

他解释："裁掉多余的边角是非常必要的。别一开始就用正方形的纸。能把尺子递给我吗？"

西奥妮从书桌的第一格抽屉里拿出了尺子。关上抽屉的时候，她听到里面铅笔滚动的声音。艾默里皱了皱眉，看来今天他得在离开书房前重新归置一下抽屉里的东西了。作为一个多少有点儿整理癖的男人，艾默里希望看到他的东西井井有条，至少得符合他的习惯。

艾默里用尺子量了量纸的宽度，压实，接着说："记住，八分之五英寸是一个神奇的数值！"他拉过圆盘裁切器，沿着尺子裁切，但没有将三角形的底边整个都给裁下来。他将三角形倒了一下，开始裁切另外一条边，仍然是八分之五英寸。

"就像在穿针引线。"西奥妮看着艾默里双手的动作说道。就算她能记得每一个裁剪步骤，也得花很长时间才能将这个魔咒练熟。他是怎么做到如此驾轻就熟、流畅迅捷的？

"是吗？"他问道，在剪下第三刀前瞥了她一眼，然后再次翻转三角形，接着又来了两刀，最终，他手中剩下的只是一片薄薄的三角形。

他小心谨慎地把三角形剥开，展开成为一个正方形。他的手指捏在正方形的中间位置，将它提了起来，未被剪断的边缘垂了下来。西奥妮凝视着它，它就像是一只层次丰富、几何形状的水母。

艾默里站了起来，西奥妮也跟着直起身子。

他开口道："当年我协助执法机关办案时，一直把它带在背包里。它可以轻易地分散人的注意力，或者是让那些你不喜欢的人头疼。"西奥妮知道他曾经参与追捕血割者——禁忌血魔法的使用者。但艾默里并不愿意多谈此事。

艾默里伸出手臂，然后下达指令："波动。"他上下抖动那刚做好的玩意儿，让它看起来更像一只水母了。

纸符连同整个书房突然都变得模糊不清。西奥妮眨眨眼，想要看得清楚些，但似乎以那张纸为中心发散开的空气都波动了起来。就像是往池塘里扔了一颗石头，泛起阵阵涟漪。地板起伏着，书架摇晃着，天花板扭曲起来，家具看起来像被沉入了水中，甚至西奥妮自己也不受控制地前后晃动——

西奥妮觉得天旋地转，她蹒跚着伸出手，想要扶住椅子或桌子，却做不到。

艾默里横跨出一步，手臂绕过她的肩膀，稳稳地扶住了她。他扔掉纸符，书房重新恢复了稳定，建筑的线条又变得笔直了。

"我应该让你坐着别动的。"艾默里觉得非常抱歉。

她摇了摇头，低头看了看自己的脚，定了定神，"没关系……这咒语，呃，怎么说，可真有用。"

她的视野逐渐恢复了清晰，突然她敏感地意识到艾默里的手正扶着她的肩。虽然她已经极力克制，然而脸还是不受控制地烧了起来，变得绯红。

她站稳之后，艾默里仍扶着她。他看起来有些犹豫，不知该不该撤回手臂。他是在害怕她摔倒吗？接着，艾默里清了清嗓子，挠了挠后脑勺。"等有机会的时候，你应该自己练练这个，从薄一点儿的纸开始，怎么样？"他瞥了一眼门，又看了看装着到处乱滚的铅笔的抽屉，"当然，别忘了纸娃娃。这两项任务够你忙到明天出门了。"

西奥妮做了个深呼吸，祈祷艾默里没注意到她发烫的皮肤，"好的，我会先把纸娃娃做完，毕竟这个弄出的动静小点儿。"

艾默里点点头，西奥妮先退出了书房。

她又坐回自己房间的地板上，将门微微敞开了一条缝。可是，当她拿起魔法剪刀，准备继续裁剪纸娃娃时，手却有些止不住地颤抖。

第三章

　　第二天一大早，西奥妮赶在犟头叫她前便起床穿好了衣服，然后发现多疑的犟头正躲在房门外向内打量。她将红色的学徒围裙套在米白衬衣和深蓝裙子的外面，把头发别成了圆髻耷在脖子后，以便戴上套服的大礼帽。在汽车抵达前，她还有足够的时间去准备两个煎蛋三明治并整理"茴香"的狗窝。楼下的司机看着没有灯光的别墅，年久失修的百叶窗以及虎视眈眈的乌鸦，露出了狐疑的眼神。他一定是新来的。

　　直到汽车鸣喇叭时艾默里才出现，他看起来睡眼蒙眬。

　　"你真应该早点儿休息的，"西奥妮对正在锁门的艾默里说道，"为什么那么晚睡？"

"我只是在想，"艾默里打着哈欠说，"某些东西。"他看了西奥妮一眼，停下来，微笑道，"正如我说过的，我可不能把所有秘密都泄露给你呢。"

西奥妮翻了个白眼，匆匆向车跑去，"我可有一整天时间来弄明白。"

艾默里再次笑了笑，把她扶上了出租车。当他们舒服地坐好后，西奥妮将三明治递给了他。要是当初魔法师阿维斯基没有指派西奥妮来管事，恐怕这个男人现在已经饿死了吧。在他细细品嚼第一口三明治时西奥妮告诉了他这个想法。

"毫无疑问，没有你，许多事都会变得不一样。"他回答道。

西奥妮想从这只言片语中揣摩出隐含的意义，但徒劳无果。也许她实在没有自以为的那样机敏。她甚至怀疑话中会不会有什么咒语的指令。

在去往达特福德的两小时车程中，西奥妮和艾默里相谈甚欢，从西奥妮爸爸成为当地自来水厂设施工人到蜜蜂的交配习惯，话题不断。这是西奥妮第一次来达特福德，窗外的景象从她眼前一一掠过，她沉浸在这座弥漫着工业气息的大城市中。

狭窄的密密麻麻的房屋和公寓几乎占满了所有街道，各式各样的工厂、仓库以及零星的树木分布在城市的周边。达特福德同样有一条带港口的大河，当汽车开过一条很长的吊桥时，西奥妮闭上双眼屏住呼吸，试着将桥下深不见底的河水抛诸脑后。艾默里将手搭在她身后以示安慰，直到汽车再次驶上平稳的公路时他也没有把手拿开。西奥妮一言不发，陶醉在他手指尖微妙的温暖中。

司机将车驶入了一个铺满鹅卵石的广场，随后停在一个免费停车场里的一长排汽车和一架没有系上绳索的马车旁边。西奥妮下车试图寻找那个造纸厂，却只看见更多的公寓、一间肉铺、一家书店、一座多功能塑料制作工坊，以及一些洋食品杂货店。这些都比首府的同类房屋要低矮阴暗，只有一家银行有两层楼那么高。

一阵微风拂过，吹乱了她脖子后面束好的头发。她转过身，扫视着身后狭窄的街道，只有正在前往上班路上的商人，还有一小群纸信鸽，它们是被临近城市中的折匠施了法送来的。真奇怪——有那么一瞬间，西奥妮明显感觉有人在监视她。

艾默里付完车费径直向广场走去，西奥妮迫不及待地问道："造纸厂在哪里？"

"在东边。"他伸出下巴，指向一辆停靠在广场边的已经褪色的红色小巴士，"它会带你去的。"

西奥妮愣住了，"只有我？"

艾默里笑了，西奥妮从他绿色的眼睛中察觉出一丝恶作剧的气息。"这是个非常可怕的旅程，那地方也不大好闻，我准备跳过这个景点。"

西奥妮皱起眉头来，"你之前说得很好玩，我不能只是读书然后跳过这一关吗？"

"西奥妮，西奥妮。"他说，"你还不知道厂里的木屑和纸片会令你怎样叹为观止呢！到时会有一个测试，这次行程是学校董事会对折匠的硬性要求——是其他人的选修学分。我之前告诉过你，魔法师阿维斯基特别指定了要你出席的。"

西奥妮将帽檐往下拉了拉，"天堂为你这种人准备了很特别的地方。"

艾默里大笑着拍了拍她的肩膀。

"西奥妮！"远处传来一个熟悉的声音。

西奥妮朝巴士看过去，发现魔法师阿维斯基的学徒黛丽拉向她快速跑过来。艾默里迅速将搭在西奥妮肩上的手缩了回去，退到一旁让她俩相互问候。

黛丽拉握着西奥妮的手臂在她脸颊两侧各亲吻了一下——法式贴面礼——这是她的习惯。跟她沉默寡言的导师正好相反，魔法师阿维斯基有着正直得体的举止风度，而黛丽拉从内而外都很活泼，完美的鹅蛋脸上总是挂着微笑。她将阳光一样的金色头发剪短并烫卷了，在学徒围裙里穿着背心裙。西奥妮本来就不高，黛丽拉比她还要矮上两英寸。

"你在这里干吗？"西奥妮问道，余光瞟见魔法师阿维斯基正在靠近艾默里，"你学的是玻璃魔法！"

"魔法师阿维斯基说最好对所有的素材都很熟练。"黛丽拉带着轻快的法语调子答道，她的声音让人联想到清脆的风铃声，"她说你也会来, 你不会介意的, 对吧?"

西奥妮大笑道:"我怎么会介意? 但看起来这趟旅程不会有很多人参与。"

的确, 除了魔法师阿维斯基、塞恩和巴士司机, 仅有的另外三个学徒——全是男士——他们已经在巴士旁集合了, 每个人都穿着长长的红色背心而非学徒围裙。西奥妮认出来其中两位是她毕业班里的: 乔治, 个子矮而结实, 短小的鼻子上架着一副无框眼镜; 多佛, 那个皮肤黝黑的卷发男生在学校总是能得到班里女同学的倾心。西奥妮怀疑正是因为多佛得到了太多关注才使他花了三年时间才从塔吉斯·普拉夫魔法学校拿到学位证。

黛丽拉握着西奥妮的手把她拉到巴士旁, 向三位男士打了招呼, 然后给西奥妮介绍了她未曾谋面的那一位。他又瘦又高, 让西奥妮想起了艾默里中学时的普利特——艾默里欺负过的那个有抱负的纸魔法师——唯一不同的是他是一名火工, 火焰魔法师。

黛丽拉轻声唤了一下多佛的名字, 但他好像没有听见。令西奥妮吃惊的是, 多佛和乔治跟她一样被指定为纸魔法学徒, 而乔治显然还没有接受这个现实。

"真浪费时间。"他嘟囔着, 后退了一步将双手随意抄在胸前, 背靠在巴士上,"说不定我们全部手拉手保持安静, 等这乱七八糟的事结束后会有人发给我们棒棒糖吃呢。"

"给你个酸的吧。"西奥妮嘲讽道, 当她意识到自己说的话后脸涨得通红。她跟艾默里待在一起的时间太长了。乔治随之而来的怒容证实了这个观点，尽管多佛躲到了一旁偷笑。

"一定会很棒的。"黛丽拉说道，放开了西奥妮的右手，"除此之外，还有很多很棒的练习。我一直都想知道纸是怎样做出来的。"

"砍伐森林咯。"乔治回答道。多佛大笑，他那完美的卷发随之抖动起来。克莱姆森，那个火焰魔法师，只是挠了挠自己的后脑勺。

魔法师阿维斯基拍着手喊道："大家快上车。旅途中请牢记，没有监护人陪你们，毕竟你们都是成年人了。巴士会在中午把你们送到造纸厂的南门。别迟到，你们的参与情况会被写到你们的永久记录中。"

乔治低声咒骂着，西奥妮与艾默里对视后耸了耸肩，接着在黛丽拉的引导下上了巴士。

让西奥妮沮丧的是，达特福德造纸厂闻起来真的很糟糕——就像清晨起来闻到的烧焦的花椰菜。

造纸厂是由三幢房子紧连在一起构成的，七层楼高，看起来既像宿舍又像监狱。下面六层楼都有等距排列的长方形窗户，第一和第三幢房子各有一个大烟囱，空气中翻腾着白色的花椰菜味道的水蒸气，使得空气特别潮湿。造纸厂的背后是之前西奥妮乘车经过的那条大河，河水将各式各样的齿轮带动起来，给发电机提供动力。

这个观光小组在巴士旁集合了。西奥妮再次感觉到了有人在监视她，她突然起了一身鸡皮疙瘩。然而其他的学徒好像并没有察觉——他们的关注点一直在造纸厂上面。或许身在一个全新的城市让她的妄想症更加严重了。

"我觉得要是有窗帘的话看起来会很棒。"黛丽拉建议道。

"和一些香水。"西奥妮补充道。不过,她想这三个月来学习纸魔法用到的纸都来自这个造纸厂,所以这造纸厂还是有用的。要是没这个造纸厂,她就失业了。

巴士刚刚离开,就有一名女士从第一幢房子里走出来。她穿着紫色的夹克衫和一条刚刚盖过膝盖的短裙,她黑色的头发被梳到后面束成了紧致的马尾,眼影粉完美地帖服在眼皮上,左胳膊窝里夹着一个写字板。

"你好,你好。"她一边说着一边用手指点着人数,优雅地走在铺满鹅卵石的路上,"看起来还少了一些人,他们在路上了吗?"

西奥妮打量了她一眼,"我觉得就这么些人了。"

"哦,好吧。还是一个不错的小组。"女士点了点头,"我的名字叫约翰斯顿,是你们今天的导游。还有,如果没有吩咐,任何东西都不要碰。如果能做到,咱们这个参观就可以快速地进行下去。"

乔治低声嘀咕了些什么,但西奥妮没注意。这样才最好,她发现自己真是越来越讨厌这个男人了。他每每一张嘴,她就多讨厌他一分。

约翰斯顿小姐在写字板上潦草记上了几笔,"这边儿,跟我来。"说着,她领着他们沿一条老旧的石径进入第一幢房子,石径已修复多次，路面的砂浆深浅不一。通向工厂的唯一一扇门嵌在一个褪色的砖拱下。学徒们排成一列步入大门，约翰斯顿小姐仍在喋喋不休地介绍着："约翰斯皮尔曼爵士 1588 年在达特福德创立了第一家造纸厂。而达特福德造纸厂最初是在 1862 年纸张消费税取消之后，由伦敦造纸厂公司成立建造的，接着在 1889 年进行了重组。达特福德原本是个白垩地质开采、石灰煅烧、毛纺织和一些其他产业的农业中心，是造纸厂促进了达特福德的工业化。"

黛丽拉倾身凑近西奥妮问道："石灰煅烧是个啥？"西奥妮耸了耸肩。接着他们进入了一个巨大的前厅，地上铺着绿色和灰色的瓷砖，家具非常少。盆栽的植物倒是很丰富，有矮牵牛，也有各种枝叶繁茂的蕨类，填满了门厅的各个角落。西奥妮觉察到这里是没有电线的，所有的光都是从门上方那些高高的、老旧斑驳的窗户透射进来的。令她意外的是，这个厅里，那股子煮过头的花椰菜味儿多多少少消散了一些。抑或其实是西奥妮的鼻子已经逐渐适应了这味道。

这组人走进去的时候，秘书从那个高耸的米黄色桌子后面抬头扫了他们一眼，然而她对这些学徒的兴趣并没有持续太久。

"这里是我们员工的会议室。"约翰斯顿小姐说着走到后面，指着房间远端两扇未粉刷的门，有一半被疯长的蕨类植物遮住了。

"你们随我到走廊来便能听到脚下水流的声音了。放在工厂下面的六台铁熔魔法师制作的涡轮机从河里将水抽上来，为我们最新的机器提供了动力，所有的设备都是在英格兰制造的。达特福德造纸厂为能自给自足感到十分骄傲。"

随着参观继续,接着的每一个房间都比上一个需要作更多的说明:不同的机器如何运行;每个雇员做什么;还有眼前这桩桩件件事情背后的历史。他们穿过巨大的储藏室,这个储藏室几乎占据了第一幢建筑的整个后半部。船运来的原木在送入纸浆房之前,在这里经碎木机磨碎。尽管约翰斯顿小姐已经尽量带他们远离那碎木的场面,西奥妮还是得捂住耳朵。约翰斯顿小姐一直在滔滔不绝地讲述造纸厂的运作,西奥妮根本听不见,直到他们进入纸浆房。到了这儿,那股花椰菜味儿和没刷牙的口臭味儿变得异常浓烈。西奥妮差点儿都要吐了,还好黛丽拉及时递给她一张多余的手绢捂住鼻子。

遗憾的是,大多数有趣的制作环节都没能参观到,比如说纸张的成型以及压榨环节。地上有许多黄色油漆线,表示他们的参观只能到此了。而这些流程都是在黄线之后的区域里进行的。一排排的箱子以及半空的架子将机器挡住了,不然西奥妮也是可以好好观摩一下的。

约翰斯顿小姐领着他们走过机器房,西奥妮只能窥见一小角。仓库跟碎木的那间房间几乎差不多大,但是有更多的架子,光线也暗了很多。还有一个房间是机电室,酸涩的纸浆味儿就是从这间房间散发出来的,熏得西奥妮眼泪都流出来了。约翰斯顿小姐刚讲到搅拌器和贮浆池,一个身穿工作罩衣的年轻员工走上前来,凑到她左边耳语了几句。西奥妮往前挪了挪,竖起耳朵,但她勉强只听到

"刚刚"和"可疑"两个词儿。不过后一个词就已经足够引起她的好奇心了。

那个男人离开了,西奥妮随即举了举手想提问,但约翰斯顿小姐没给她机会。她说道:"抱歉给你们带来了不便,我们遇到了一些技术方面的问题,我们的参观团现在需要撤出这片区域了。现在你们跟我从仓库走,我会带你们从西门出去。希望处理问题不会耽误太久,让我们能继续参观。再次抱歉,真是不好意思。"

乔治用手掌使劲儿拍了拍自己脑门儿,但是一行人还是安静地跟着约翰斯顿小姐经过了仓库,当然,仓库的门前也画着游客止步的黄线。门锈迹斑斑,连透气窗都没有。

西奥妮抓住黛丽拉的手腕,将她拉到队伍后面,小声问道:"你听到他刚刚说什么了么?"

黛丽拉摇摇头,捻起她的卷发点了点西奥妮的鼻子,"没听到,你呢?"

"有些可疑。我意思是他说到了'可疑'两个字,还有'刚刚'。造纸厂能有什么不对劲的事发生,让他们把参观都停了?难道是纸浆那块儿出了什么问题?"

黛丽拉耸了耸肩,"大企业在游览参观、紧急情况应对这些事情上,总是有一些规定的。我爸在斯坦顿汽车公司上班,出现问题的时候该怎么做,那儿有各种奇怪的规定,经常得不停地加班。"

西奥妮觉得在造纸厂工作一般不会加班,不过也没有在这个话题上继续纠缠。

约翰斯顿小姐将他们带到外面河边的一片草坪上，随即又返身消失在了那扇门里。克莱姆森试了试那门把手，发现已经锁住了。

"有点儿意思。"他说道。这是西奥妮头一次听到他说了句话。那个瘦高的男人放下了门柄，再没说什么。

西奥妮叹了口气，看了看周围的环境。她能听到河水在工厂后面翻腾流动，还看到一条鹅卵石路从建筑的这一面一直绕到正前方。再往远处一些，有一片白杨树和几丛未及修剪的杂草。她和黛丽拉一起往那边走着，午后的阳光从一缕缕稀松的云朵里透射出来。其他人也慢悠悠地跟着走了过来，乔治一边走一边嘟囔着发牢骚。

"西奥妮，我觉得咱们最近要什么时候有空的话，该一块儿吃个午饭。"黛丽拉笑着说。她很轻松地接受了这点儿不便。西奥妮一直都挺羡慕她的那种好心态。

"我同意。"西奥妮说，"但这要看你的时间安排了。嗯，魔法师塞恩在放假这事儿上还是相当大方的。"

"噢，我觉得明天就成。"黛丽拉两手一拍，答道，"魔法师阿维斯基明儿一整天都待学校，全约满了，新学年要开始了嘛。我现在只需要完成自学的功课就可以了。明天我们去哪儿？"

西奥妮在杨树下停住脚步，倚靠在斑驳的白色树干上，这儿离造纸厂也就十五六米的距离，"你喜欢吃鱼吗？议会广场那个圣奥尔本斯鲑鱼小酒馆的浓汤非常不错。我琢磨过,想做出一样的,但一直没法儿做出那味道。"

"啊!我超喜欢圣奥尔本斯那家店。"黛丽拉说着还舞了舞手,"他家的面包也妙极了!那就明天中午吧,怎么样?我可以在那儿等你,那个雕塑……"

黛丽拉的双唇还止不住地在絮叨着,嘭的一声巨响从她身后传来,全然淹没了她的声音。西奥妮感觉到爆炸的振动波从地下传来,那股劲扩散到她的双腿再到心脏。头上的树叶哗啦哗啦作响,两只鸟也受惊窜入空中。

随后西奥妮看到了火光。

火焰如火山喷发一般从造纸厂的前两栋房子上疯狂地向空中蔓延,大量的碎片和灰烬喷射而出,比烟囱冒的烟还高出不少。火焰吞噬了半栋楼,不一会儿,他们感到一股热浪袭来,汗珠刷刷地从皮肤上冒出来。

"快跑!"她大喊道,几乎听不到自己的声音。她一把攥住黛丽拉往造纸厂反方向跑。克莱姆森没了人影,而乔治和多佛已经开跑了,她紧跟在他们后面。一块碎片飞出撞到了左侧距她不到三米的一棵树上,树立马裂成了两段。

接着不知什么发出一声哨响,比之前小一点的爆炸再次震颤了空气。西奥妮一转头就眼见着工厂那堵巨大的墙被炸裂,朝她猛冲过来。

克莱姆森不知从哪儿窜了出来，双手搓在一起。西奥妮惊叫起来，只听他咆哮了一声："转移！"就抛出一个巨型的火球砸向那堵被炸裂的废墙。墙被击开了，没有砸到西奥妮。碎片冲过了树顶，最后散落到河里，掀起了剧烈翻腾的水花。

黛丽拉哭了起来。

"谢谢你！"西奥妮大声喊道，但克莱姆森只顾着使劲推着她们往前走，扔掉了一根用过的火柴。西奥妮知道身处险境，无须更多提醒。她以双腿能支撑的最快速度飞奔，结果比黛丽拉快多了。西奥妮拒绝放手，半拖半拽拉着黛丽拉翻过小坡，往之前造纸厂的班车停靠的街道跑去。等他们到达，多佛和乔治早已经在那儿了，两人凑在一起站着，旁观者一般，见到他们还带着点儿惊叹。西奥妮终于停下，每呼一口气，胸腔都更沉重一些。黛丽拉埋首在西奥妮的衣领中，仍在低低的啜泣。克莱姆森小心翼翼倾身，但西奥妮向他摇头，示意不用上前，他便停住了。西奥妮拍了拍黛丽拉的背，柔柔地想要安慰安慰她，然而目光却不由地聚焦在了翻腾在造纸厂高处的灰黑的烟雾。到底发生了什么？哪里出了问题？

脑海里闪过另一个事情，使得她更加紧张了起来：约翰斯顿小姐仅仅将他们叫了出去，那些员工中有多少人能够及时逃生？

空气中充满了残片和焦烟的味道。越来越多的人聚集到街上，对着这场灾难议论纷纷，直到警察陆陆续续到来，将他们驱散。第一拨警察直奔造纸厂而去，第二拨警察负责控制围观人群。

她再次感受到皮肤上有一种灼痛感，好像有谁在监视着她。黛丽拉紧紧地攥着她，西奥妮尽力在人群中搜寻，但周围的人实在是太多了……

不过街对面的确有一个人很惹眼。他衣着平常，但黝黑的皮肤跟一群旁观者形成了鲜明的对比。他很高——是个印第安人，或者也可能是个阿拉伯人。他的深色眼睛与她目光相接，紧接着人群涌了上来，他便从视线里消失了。

西奥妮深深地吸了口气。一个礼貌得体的人怎么能用这种怀疑的眼光去打量一个外国人呢？即使他也刚好往她这边看过来。有那么多的外国人都生活在英格兰。我的天，黛丽拉可也是个外国人呢。西奥妮的母亲定会十分愤怒惊骇，如果她知道西奥妮仅仅是因为肤色不同就去怀疑一个男人。

西奥妮再次环视四周，看看其他人怎么样了。但是克莱姆森、多佛和乔治，不是已经走了，就是淹没在了人群里。她递给黛丽拉一块手帕擦干眼泪。忐忑地朝离她最近的警察走去。

"打扰一下？"她说道。这个男人扫了她一眼，又将目光重新聚焦到燃烧的造纸厂。西奥妮取下帽子，前后晃了晃，引起他的注意，"我和我的朋友是魔法师的学徒。大楼发生爆炸的时候我们正在参观造纸厂。"

他眯了眯眼，"那我们需要问你些问题。"

"好的，这没问题。"西奥妮回答道，为了让警察听见自己，她提高了声音,"但是我们需要回市中心找到我们的老师。他们会担心的,我们并不是本地的人,麻烦你了!"

警察嘬着嘴好一会儿才点了点头说道:"等一下。"他走到同事身旁,嘀咕了些什么。另一名警察点点头,从他的汽车后备厢取出一个纸做的报信鸟,鸟已经预先设置好了。潦草几笔写好信函,就将它放飞,但鸟并不是往市中心方向去的。或许是去寻求警力增援的。

大约十五分钟后,更多的警察到达了现场。有很多是骑马来的,其中一人表示可以护送西奥妮和黛丽拉回市中心。西奥妮再三感谢,黛丽拉甚至想给些钱表示谢意,但他没有收。西奥妮一边让自己镇静下来,一边带路前往广场,寻找艾默里,心里祈祷着他就在这附近。按原计划,班车至少要一个小时后才会将她们送回这里。但是显然,艾默里和魔法师阿维斯基应该能察觉到这阵骚乱。

又有越来越多的人聚集到了市中心而不是造纸厂,议论刚刚的爆炸。西奥妮能看到从工厂冒出来的那股黑烟,盘旋在空中,跟施过毒的乌云一般。她停下脚步,屏住呼吸,盯着浓烟怔忪了一会儿。他们能扑灭大火吗?到底是什么制造出这么严重的灾难?

她穿过一群挤在一块儿的妇女和学生,踮着脚尖,盼着能有一个好一点的视野。她把手伸进包里随意掏出一张纸,往广场上空发送消息——一只宽翅鹤就能很好地报告她的位置。她要找一个合适的地方把它折好。环顾四周,有成群的看热闹的人,还有商店店主们站在门口比画着、议论着。

西奥妮眼尖地在两个卖报男孩儿之间捕捉到一抹一闪而过的靛蓝布料。她立刻把纸塞回包里，示意黛丽拉跟着她朝那个方向走去。

她发现艾默里和魔法师阿维斯基正在跟两个满脸不爽的警官说着什么。或者说是魔法师阿维斯基静静地站在一边，而艾默里正在大声地训斥他们。

"那把我带着！"艾默里咆哮着，他额头上青筋暴起，看起来十分强硬。他双眼血红，挥动着双手，像是挥着两把利剑似的，"你怎么就不明白？她可能就在那儿！有可能他们都还在那儿！我们必须去！"

"先生，"高一点的警官说道，"我已经跟你解释过了，我们只能……"

"艾默里！"西奥妮高声喊着他，一面挤过最后一片拥挤的人潮。艾默里听到自己的名字，百感交集。"没事了！我们跑出来了，我们在……"

话音未落，艾默里已伸出双臂将她揽入怀中，她的礼帽跌落在地上，那颗不安的心也终于落地了。

"感谢上帝。"他埋首在她的发丝间喃喃道，紧紧地把她拥在胸前。她感到血液在血管里迅速涌动，即使在那块儿碎石冲向她的时候，也没有这么快。"西奥妮，我以为……"

他将她拉到身前，从头到脚细细看了看。他绿色的眼睛里明显透着担忧和庆幸。这一回，她终于确信自己没有错解他的意思。"你还好吗？有没有受伤？"

她摇摇头，感觉到自己的心跳到嗓子眼儿了，"我……我没事，我保证。黛丽拉，还有其他人也没事。我们在那之前就离开了那栋楼……我不知道发生了什么事。我也不知道克莱姆森、多佛和乔治在哪里，但是他们也跑出来了。他们之前还跟我们在一块儿的。"

艾默里长舒了一口气，闭上眼睛，再次将西奥妮拉近自己。她再次回到了这个怀抱，将双臂缩在他的大衣里，希望艾默里即使感受到了她胸腔里疾速而炽烈的心跳，也会归因于是刚刚造纸厂的那场浩劫而不是他们此刻的亲密。"如果这么说能让你不那么担心。"她喃喃道，"告诉你吧，这个参观是真的很无聊，当然，不算上最后。"

艾默里笑了，虽然那笑声里更多的是紧张而非欢乐。他后退了一步，但双手没有离开她的肩膀，"我很抱歉。"

"这不是你的……"她刚准备开口，眼角的余光瞥见了魔法师阿维斯基，她跟黛丽拉站在一块儿。这位玻璃魔法师一脸阴沉——紧锁的眉头除了满满的不认可，再看不出别的意味。

西奥妮脸红了，赶紧从艾默里怀里抽身而出，"这不是你的错。但是那里面还有人。而且我不知道发生了什么……"说到最后几个字，她的声音微微有些颤抖，她咳嗽了下，清了清嗓子。

先前与艾默里争执的一个警官走上前来，问道："你是目击者？"

西奥妮点了点头。

"请跟我们来一下。"他说，"我想问你几个问题，关于你在哪儿，看到了些什么。她也一起。"他朝着黛丽拉做了个手势。

"当然没问题。"西奥妮答道，她感觉到艾默里把自己的外套给了她，他的手正紧紧地攥着她的，"有需要我们都会尽力协助。"

"我陪她们一起。"艾默里说道。

"我也会陪同。"魔法师阿维斯基说，"我是她们的负责人。她们在这次事件中有任何牵连，我都是要负责的。"

警官们点了点头，"我的车停在外面。请这边走。"

西奥妮、艾默里、黛丽拉和阿维斯基跟着警察上了车，来到警察局。西奥妮给了一份力所能及的最详尽的陈述，每一个细节都不放过，包括她无意中听到的，耳语给约翰斯顿小姐的那两个词。*亲爱的上帝，希望约翰斯顿小姐一切安好*。

西奥妮和艾默里一直留在警察局直至深夜。但似乎没人能提供有力的证据来解释具体是什么导致了爆炸，也没什么蓄意破坏的证据。

然而在回伦敦的马车上，西奥妮止不住地想，到底是谁会蓄意去毁掉一个造纸厂呢？

第四章

西奥妮从床上醒了过来，举起一只胳膊覆在前额上，挡住刺眼的阳光。"茴香"趴在地板上哼哼唧唧，纸尾巴有节奏地快速击打着地毯。她伸出手去摸摸"茴香"的头。

她的记忆还停留在自己站在造纸厂三间厂房前的时候，看着班车沿着她身后卵石铺就的道路远去。约翰斯顿女士在她面前絮絮叨叨地说着什么。

西奥妮竭力思索自己忘掉的细节，想搞清楚到底发生了什么。她当时本应该更小心些。警察说爆炸发生在工厂的烘干室里，可西奥妮并没有参观过造纸厂的那地方。所以警察怀疑爆炸是人为的——烘干室里并没有什么东西可以造成这么大规模的破坏。

西奥妮回想起当火焰直冲云霄时,脸上的灼烧感。她唯一能想到的就是工厂中肯定更热。当她和艾默里离开警察局时,已经有十四人伤亡。西奥妮看过名单,其中没有姓约翰斯顿的人。

闭上眼睛,西奥妮的脑海中开始回放那场爆炸,那火焰、那从天而降的碎石……感谢克莱姆森,是他的柴堆魔法救了她。没有任何一种纸魔咒能够使她免于粉身碎骨,在警方做笔录时,她并没有提到碎石头的事情。艾默里一直在旁边听着,她不想让他难过。他表现得那么……安静。为了她忧心忡忡。西奥妮实在是太虚弱了,没空去细想他搀扶她的方式,但是……

西奥妮坐了起来,扯直了上半身的睡衣,走到狭小卧室另一侧的桌子前。桌子第二格抽屉的深处,放着那个曾向她展示过美好未来的预见之盒。她拿出它,隔了好一会儿才将它放回原处藏好。探问自己的命运会带来霉运,西奥妮最近这周已经够倒霉的了。

"茴香"低低地吼了一声,摇了摇尾巴。过了一会儿,西奥妮闻到了飘进房门的培根的味道。难道艾默里决定自己做早餐?

她瞟了一眼闹钟,九点十分。今天她起晚了。

西奥妮迅速地换好衬衣、短裙和袜子,到洗手间漱口,扎好辫子,化妆。接着她冲下楼,来到餐厅。艾默里已经放好了两张盘子,里面盛着培根和鸡蛋。

"我起来了,你没必要做早餐的。"西奥妮说。而且,她惊讶地发现培根没煳,鸡蛋看起来也刚刚好。西奥妮做学徒的第一天,艾默里用金枪鱼和米饭就把她打发了。从此之后,她坚持亲手做每一顿饭。要知道,如果不是因为艾默里的奖学金,她也许就去厨师学校了。

"我可是会做饭的。"艾默里一边说,一边为她抽出了一张椅子,"不然的话,我早就饿死了。"

西奥妮笑着坐下,艾默里拿出银餐具。也许当他还是里拉丈夫的时候,他需要做饭。作为血割者,她可不像是会做饭的人。不过西奥妮从没想过向艾默里打听这些事情,一切跟前妻有关的话题都会让艾默里难受。

西奥妮正在寻思里拉是否仍旧像当初自己离开她时那样——被封冻在浑浊岛遍布岩石的海滩上,不停地流血。艾默里突然在她旁边坐了下来,打断了她的回忆。他递给她一封电报。

"这是什么?"她一边问,一边展开信。

别改变计划,奥尔本斯,中午

"今天早上到的。"艾默里边吃边说。他尝了鸡蛋,皱起眉头,伸手去拿胡椒罐,"我觉得是黛丽拉发来的,除非你曾经和派翠丝·阿维斯基相约去做社会访问。"

他被自己的笑话逗乐了,双眼闪闪发亮。

"我想午饭的时候去见她。"西奥妮说,"除非你需要我待在这儿。"

艾默里嚼着食物，想了一会儿，一声不吭地离开了餐桌。等他回来的时候，拿了一张 9 英寸乘以 14 英寸大小的纸张，然后将其裁成两半。

"模仿。"他命令道，然后随意地将其中的一半又对折了一次，递给西奥妮。她并不熟悉这个咒语。

他以一种极不寻常地关切口吻解释道："你在这张纸上写的任何内容，都会出现在我的这半上。如果你有任何需要，就……好吧，我没必要解释这么多的。"

西奥妮翻弄了一下手中的纸符，"我以前出门的时候，你可没给我这个。"

"真不该对你太好！不许在外面待太久，你可有很多作业要做！"

吃过早餐，西奥妮回到房间，将模仿纸符放进皮包里。她不禁觉得自己的处境堪忧。三个月之前，被困在艾默里的第四心室的时候，她承认了自己对他的爱。可到现在，他都没有直接回应过。通常情况下，他会回避掉所有让自己尴尬的话题，这样说来，或许她的告白也使他感到尴尬。想到这儿，西奥妮的脸颊烧了起来；那时，她认为艾默里清醒过来后，根本不会记得她说过的那些话。更何况，她还是无法忘记里拉那残忍的笑声以及她说的话："他并不爱你。"

她再次看向了第二格抽屉。万一预见之盒只给她看她想要的未来，而不是事实呢？万一她做了什么事情，改变了未来的某种可能性，再也得不到自己想要的东西了呢？

她叹了口气，她只在中学的时候谈过一次恋爱，远没有这么复杂纠结。也许这是一个信号，告诉她是时候放弃了。可她心里清楚地知道，自己没办法放弃艾默里。

她喜欢他。

她喜欢他的天才、他的诚实、他的聪明、他的幽默，甚至他的古怪。她爱看折纸时他双手的动作，还有专注时紧抿的双唇。她为他的温柔着迷，至少，他对她总是挺温柔的。她知道，肯定有很多人讨厌艾默里·塞恩，不过前提是他们足够聪明，能发现他在嘲讽他们。他总是以一种很微妙的方式取笑别人。

她真希望自己没这么迅速地陷进去。

她骑着自己的安全加强型自行车去了市里——车胎被施了魔法，永远不会爆胎。她开始做学徒一个月后，就买了这辆自行车。她受够了等小汽车来接，也不想在交通上花掉一大笔生活津贴。骑车比坐车慢很多，可通向城市的路静谧安宁，所以西奥妮并不介意。她只需要尽量靠边儿，并确保离沿路流淌的小河有一定距离就好。

她在圣奥尔本斯鲑鱼小酒馆前和黛丽拉会合了。这是一间由红砖砌成的小店，巧克力色的窗户已经生出了斑斑霉迹，窗户上的招牌上雕了一条蓝色的鱼，不过已经有些褪色了。黛丽拉还是跟往常一样活泼开朗，在西奥妮停车的时候使劲挥手打招呼。

"最近怎么样?"西奥妮开口问道。餐馆的座位已经满了一半,她俩在中间位置找了张橡木小桌坐定。她们的左右坐了几对情侣,还有些出来家庭聚餐的。

烹鱼的香味飘荡在空气中,阵阵盘子碰撞的叮当声从厨房传出来,西奥妮把皮包塞在桌子下面,放在离她的脚不远的地方。

"西奥妮,这真是太可怕了,不是吗?"黛丽拉瞧了一会儿菜单,终于决定了,"昨晚我一整晚都没睡着,魔法师阿维斯基也取消了她今早所有的约会,赶去达特福德了。她比平时还要心烦,说眼瞅着学生身处险境,自己没法坐视不管。"

"他们现在还有危险吗?"西奥妮觉得毛骨悚然,开口问道。

黛丽拉摇摇头,"不,现在大家都没事儿了。"服务生送来了水,她继续说道,"其他人去了另一个区的警察局。我只知道这么多,其他事儿我就不清楚了,你知道我成天晕头转向的,可惭愧了。不像你,那么镇静。"

西奥妮不禁笑道:"还从没有人用镇静来形容过我呢。"她停了一会儿,"我也不知道为什么会这样,也许人经历得多了,就不会对离奇的事情感到大惊小怪了。"

"你曾见过很多离奇的事情?"黛丽拉向前倾了倾身子,问道,"快告诉我!我希望是些浪漫的经历。"

西奥妮脸红了,"也不全是浪漫的经历。等我们单独相处的时候,或许我会告诉你的。"她觉得在拥挤的餐厅中,不太适合讲述她从血割者手上逃跑的经历。更何况，魔法师阿维斯基可不知道艾默里跟刑侦局讲的那些事情，所以对里拉的事也知之甚少。

至于她对艾默里的感觉，她才不会把这事儿告诉别人。

服务生端上一小篮薄饼，替她们点好单。黛丽拉要了鱼和薯条，西奥妮要了螃蟹浓汤。然后，黛丽拉就把脑袋埋在了她随身带来的大布口袋里，嘴里念着什么，最后拿出了一个镜盒。银盒子非常漂亮，盒顶上镶嵌着一个凯尔特风格的蝴蝶结，扇贝形的卡扣扣住了盒子。

"你说的那些事情是不是像这个一样神奇？"她问道。

西奥妮抬了抬眉毛，接过镜子，打开它。然而，她并没有在镜子中看到自己的脸，而是见到了一双猩猩的黑色眼睛正对她眨眼。

西奥妮抖了一下，丢掉了镜子。黛丽拉笑了起来，从桌上捡回镜子。

"你是怎么做到的？"西奥妮问。

"是镜像选择魔咒。"黛丽拉解释说，"镜子映照出的是你脑中想到的东西。"

"只需要下达一个指令就可以了……"西奥妮喃喃道，想着黛丽拉的言外之意。她研究着黛丽拉手中的镜盒，西奥妮会的魔法中很少有只需对着一张纸下命令就能实现的，不过纸魔法的步骤也不算麻烦：先做好准备，然后就折叠、裁剪。说到底也就是折纸罢了。除了最为便捷的火系魔法外，玻璃制造，或者说玻璃魔法就算是第二方便的了。至于熔铁，或者说是合金咒术，则是最耗时间的魔法。

西奥妮轻敲着桌面，"就像是幻想故事似的。"

黛丽拉皱了皱眉头，"呃，或许吧。虽然我不确定你说的是什么。"黛丽拉打开镜盒，凝视着它，"你面对镜子，并说道'镜像选择'，脑子里面想着你想看见的东西——当然，想着你不想看见的也行。"

她再次念了咒语，然后闭上了眼睛，将镜子拿给西奥妮看。这次，镜中仍然没有她的踪影，而是一个独自坐在窗边的宽肩膀男人。他就在她们身后，伸长了脖子，显然对她们的谈话很感兴趣，想要看清她俩在干什么。

黛丽拉撤销了魔咒，"啪"的一声关上了镜子，然后把它递给西奥妮，"迟到的生日礼物。很抱歉没有包装好再拿给你，但我觉得刚刚那个小把戏很有趣。"

西奥妮看着镜子，微微张着嘴，"噢，黛丽拉，这镜子实在太漂亮了。你没必要——"

"拿着，拿着！"她笑着，把镜子塞给西奥妮。

西奥妮开心地收下了镜子，用手指摩挲着凯尔特风格的装饰，然后将它装进了皮包，"谢谢你。"

"我生日在十二月。"黛丽拉不带情绪地说道，"可别忘了。"

"十二月十一日，我不会忘记的。"西奥妮回答道。

黛丽拉满意了，悠闲地靠回椅子，啜了口水，说："西奥妮，你谈恋爱了吗？"

西奥妮也正在喝水，听到这话，还没吞下去的水喷了出来，"什，什么？"

"你最近总是一副神思不属的样子。之前在班车上是这样的，刚在自行车上也是！"

"就像你待在多佛身边时那样？"西奥妮取笑她道。

黛丽拉不屑地吐了吐舌头，"我觉得他喜欢我。至少，在造纸厂发生了那件可怕的事情后，他还专程给我寄了只纸鸽。他比我小了两岁，可看起来却不那么年轻。我真的很介意。"

她们点的餐上来了，她俩边吃边聊，关于造纸厂、西奥妮的纸娃娃，还有女士帽子上装饰羽毛的新潮流。当议会广场北边儿的大本钟敲响了一点半的钟声时，黛丽拉拿起她的餐巾纸，擦了擦嘴。

"不好意思，西奥妮。"她说道，"但我之前跟魔法师阿维斯基说好了，我两点钟得代表她去赴一个跟玻璃吹制有关的约会，因为她人在达特福德。你不会介意吧？"

西奥妮摆摆手，"没关系的，再说我也得回去了。"

黛丽拉绕过桌子，亲了亲西奥妮的双颊，"下次再约。"她扔下几先令在桌子上，然后匆匆从前门出去了。

西奥妮把碗斜起来，舀干净最后一点儿浓汤。可她还没来得及将勺子送进嘴里，对面的椅子就发出了咔嗒的响声。

宽肩膀的男人坐在黛丽拉刚才的位子上。西奥妮认出他就是之前镜子中的那位。

她放下了碗。

男人身上有什么东西让西奥妮感到很熟悉，但她却很难说出到底是哪一点。他看起来像有四十出头，浅色、甚至可以说是姜色的头发梳理得整整齐齐。额头上满是皱纹，粗眉毛下面那双毫无感情的灰色眼睛正看着她。

西奥妮问："有什么事吗？"

在他的宽下巴上，露出了一个浅浅的笑容，但可以看得见牙齿。

西奥妮突然想了起来，随即屏住了呼吸。她见过这样的下巴。鼻子看起来有些问题——一定是假的——但她记得这样的下巴、这样的眼睛。它们曾出现在邮局的一张通缉令上，也曾潜伏在艾默里第二心室的监牢里。

她在浑浊岛的海岸上，曾远远地望见过这个男人。

她觉得口干舌燥，舌头僵硬得像块砖，抓紧了餐巾——纸质的餐巾。

她脑中一片混乱，好不容易挤出一句话："你是格拉斯·寇伯特。"

即使不是全欧洲最臭名昭著的血割者，也是英格兰的头把交椅。她想将自己的椅子挪远点儿，可千万不能让他触碰到自己。但是格拉斯将一只脚放到了椅子的前腿后面，勾住了它。

餐馆中没人察觉有异。

西奥妮身边也没有可以求助的人。她鼓起勇气看了一眼餐馆的大门，又看了看左后方的后门。如果她尖叫的话，他会做什么？他坐得太近了，而且他只需要一次触碰就能使用咒语……

她松了松腿上的餐巾纸，眼睛看着格拉斯，手却悄悄地将餐巾半点折了一下。

格拉斯斜嘴笑了，露出长长的虎牙，看起来像只猫，"聪明的女孩儿，你竟然认出了我，真了不起。"

"你的海报随处可见。"西奥妮回答道，试着让自己听起来镇静点儿。她看了眼三张桌子外的服务生。

格拉斯猛地一拉她的椅子，"看着我，甜心。让我们换个地方聊天，我还有别的地方要去。"

西奥妮紧张地呼吸着，汗湿的手指谨慎地在膝盖上折叠着，这是一个全点折，幸运的对折。

"我花了好一阵子才找到你。"格拉斯一边说话，一边玩弄着黛丽拉的叉子。那把叉子在他巨大的手掌中显得那么小，"我唯一的线索是一个使用奇怪魔法的红头发女孩。结果发现你竟是艾默里·塞恩的学徒，这世界真小。那混蛋怎么样？我听说他仍然活蹦乱跳的。"

西奥妮仍旧迎视着格拉斯冷酷的目光，一言不发。

格拉斯咯咯地笑起来，但笑容随即消失了。他身子前倾，和西奥妮保持着一个极度危险的距离，"告诉我，你对里拉做了什么？"

肾上腺素的突然上升，让西奥妮的皮肤刺痛起来，"我，我什么也没做。"

格拉斯用拳头砸了下桌子，盘子叮当作响，有些客人投来了好奇的眼光。西奥妮努力克制住跳起来的冲动。"别对我说谎，西奥妮·玛雅·特维尔。你到底对她使用了什么奇怪的巫术？"

"我没做任何奇怪的事情。我只是个折匠。"她骗他说。四角折叠，再将餐巾翻面。

"到底是什么魔咒？"

西奥妮深吸了一口气，用手指感受着餐巾的边缘是否对齐了。她小声嘟囔："我才不会告诉你呢。这世界没有了她会更好点儿，她死得越快——"

格拉斯猛地将她的椅子向左一拉。西奥妮的脸部肌肉抽搐了一下，但坚持完成了最后一折。

"别以为我会在意这里的人。"他低声吼道，"你以为他们看到我从你骨头上剔下肉来，会出手相助？西奥妮，这些人都是懦夫。当鲜血飞溅出来的时候，转眼间他们就会四散逃离。而我，会让你的血一滴一滴地流干净，除非你告诉我我想知道的事情。"

"要不然，我从他们开始下手也行。"他轻蔑地看向角落里的一家四口，其中有一个十多岁的女孩儿和一个小男孩儿，说道，"西奥妮，想知道孩子的心脏有多强壮吗？我可懂得一些能掏出心脏的魔咒。"

西奥妮眯了下眼睛。听到这话时，有太多的回忆汹涌而来——

艾默里倒在地板上，胸膛上裂开了一个洞，他的心脏则被里拉攥在手中；艾默里那血腥潮热的心墙从四面八方朝她压过来；被收割了的尸体横七竖八地躺在货仓储物室的地板上。她自欺欺人地将这些画面藏在记忆深处。黛丽拉刚刚是说她很冷静吗？对，要冷静，她不停地对自己说。

西奥妮小心地斟酌着用词，"好吧，你想知道我是怎么冻住里拉的，对吧？"格拉斯手指交叉，垫在下巴上，等着她说下去。

西奥妮再次深吸了一口气。"那个魔咒是这样开始的。"她将折成菱形的餐巾纸扔向桌子中间，低语道，"爆炸。"

餐巾开始急剧地颤动，起初，格拉斯只是感到迷惑不解，但随即睁大了眼睛。

转瞬间，西奥妮将椅子从血割者的脚前移开，跳了起来，冲向后门。

纸符爆炸开来。

因为餐巾纸太薄，所以爆炸不如西奥妮对付里拉的那次强烈，但足够炸飞碟子，炸裂桌子了；也足以灼伤离得太近的人，包括像格拉斯这样的血割者。

西奥妮没有回头查看爆炸造成的破坏有多大。她撞开后门，冲到了阳光明媚的大街上。

她冲过马路，惹来了一位司机的怒骂，转过拐角的银行，奔离议会广场。她心脏狂跳，马不停蹄地穿过一条街，躲进了酒店和地毯商店间的小巷，跳过坍塌的街沿。还要再远些，她必须竭尽所能地远离格拉斯，在自己和他之间多设置些阻碍。

联系艾默里！她伸手去摸模仿纸符，突然意识到她将纸符连同皮包，还有镜子和自行车都遗落在餐馆那里了。她没办法联系上他。

联系黛丽拉！可她约的是哪个玻璃吹制匠？西奥妮根本没办法确定她现在的位置。

她气喘吁吁地停在了一个十字路口，身处一个单层的宠物商店和两层楼的古董铺之间，她打量着熙熙攘攘的人群，他们对潜藏的危险毫不知情。格拉斯不会介意伤害这些人的——他已经声明过很多次了。她得避开人群。

她听到身后有吼声传来，赶紧向右跑去，差点儿撞倒了一个抱着很多杂货的男人。她推开男人，继续向前跑，肺部像是烧了起来。魔法师阿维斯基住在城里。如果她能跑到下一个街区，再过桥，也许就能到达阿维斯基的住处。她又一次突地向右转，然后和一个结实的东西撞在了一起。那是一个穿着棕色背心和棕色裤子的高大男人。这下撞得她向后倒去，一屁股坐在了地上。

她眼冒金星。

男人叫道："小姐，你没事儿吧？真是太对不起了！来，快让我扶你起来。"

他伸出比格拉斯还要宽厚的手掌，西奥妮握住了它，那个男人飞快地将她拉了起来，搞得她又是一阵天旋地转。

"谢谢你。"等眼中的世界恢复如初，她喘着气挤出一句话。她眨眼看了看面前的男人，他年近三十，如果不是因为身材高大就会显得有些胖了，灰褐色的头发上了油，梳向一侧，还有那双棕色的眼睛——西奥妮认出了他。

"朗……朗斯顿！"

男人很是惊讶。"我们见过吗？"

他们并不认识。但西奥妮曾在艾默里的第一心室里见过朗斯顿。他是艾默里的第一位学徒，在他的帮助下，艾默里创造了犟头。

只是，如今他虚胖了不少，都快抵得上两个格拉斯了。

她赶快解释道："我叫西奥妮，是魔法师塞恩的学徒。我现在完全迷路了，你能送我回家吗，拜托了，好不好？"

朗斯顿眨了好几次眼，显然对于事态的发展有些不知所措，但还是点了点头，"当然，我有一辆汽车，就停在离这里几个街区的地方。反正我的会议也被取消了，送你完全不成问题。"

朗斯顿伸出手臂，西奥妮感激地，也可以说是迫不及待地挽住了。

这时，她总算敢回头侦察一番了，可一点儿格拉斯·寇伯特的踪影也没有。

第五章

当西奥妮和朗斯顿跨过纸魔法屋的伪装时，艾默里正在埋头侍弄"花草"。他蹲在种满了精致的纸花的圆弧形花园旁，将所有红色郁金香形的花苞换成蓝色百合花形的。

艾默里工作时，"茴香"就在旁边嚼着被丢弃的花苞纸符，然后将皱成一团的纸符吐进一个打翻了的垃圾桶里。

"朗斯顿？"艾默里直起身来问道，然后拍了拍休闲裤上的泥土，"真没想到你会来。"

年轻的折匠还没来得及回答，西奥妮就脱口而出："格拉斯·寇伯特在城里。还有，我把自己的钱包炸掉了。"

艾默里的表情僵住了。他的眼睛变得深不见底，让西奥妮想起在他的第三心室里看到的一切——他的失败、心碎和黑暗面。"你确定？"他问道。然而，这句话听起来却不像是疑问，更像是……威胁。

西奥妮点点头。"我通过……反正之前就认识他了。"她说道，眼神在艾默里的胸膛上停了一会儿，"他在餐馆里跟我搭话。"

艾默里的脸色变得苍白。他转身离开花园，不小心踩扁了一朵蓝色百合。"你们俩都进来，我们谈谈。"

朗斯顿走进拥挤杂乱的客厅，一屁股坐进沙发中间的垫子里，舒舒服服地坐定了。西奥妮却穿过门廊，走进了厨房。她喜欢在厨房里思考复杂的事情。为了不让手闲着，她打开电炉，放上接满了水的烧水壶，又在橱柜里挑挑拣拣，找出了干薄荷叶。接着，她将薄荷叶分成三份，放进三个陶瓷杯子里。在水快要烧开之前，艾默里也来到了厨房，西奥妮觉得他并不想喝茶，她自己也不想。即便如此，她还是拿起了水壶。

她把热水倒进茶杯，艾默里站在她身边说道："告诉我发生了什么事情？"

"我想，应该没人受伤。"她说。至少除了格拉斯以外没人受伤。为了避免伤害到餐馆里的客人，她已经尽量把纸符折得小些了。不过，爆炸大概吓掉了那些顾客们的半条命。

艾默里接过她手中的水壶，放在了厨房的柜台上，扳过她的双肩，让她面对自己。"西奥妮。"他直视着她的双眼，锐利的绿眼睛似乎穿透了她，他一字一顿地说道，"告诉我发生了什么？"语气中透着些急迫。

西奥妮开始讲述她和黛丽拉的午餐,格拉斯拙劣的伪装,这位血割者又是如何向她询问有关里拉的事情。艾默里听着她的叙述,嘴唇越闭越紧。当西奥妮讲到格拉斯的威胁时,嘴却微微张开了。

也许她不应该原封不动地转述格拉斯与她的谈话的。

格拉斯的话从她嘴里说出来,威胁的意思会更加明显。她转身看向餐厅的墙,当时,里拉用法力把艾默里钉在了那面墙上,然后偷走了他的心脏;她又想起了困在加工肉食品仓库里的那些尸体,那是她在艾默里的心脏里见过的最恐怖的画面;还记起了里拉抓住她并开始吟唱时,皮肤下淌过的那让人心神不安的暖流。

她颤抖了一下。

"我本来想用模仿纸符联系你的,但它在皮包里。后来碰巧撞上了朗斯顿。我不是有意把他扯进来的,不过现在后悔也晚了。"

艾默里严肃地说:"我担心他会成为下一个目标。不过,希望格拉斯没瞧见,或者根本就不在意他。格拉斯总是对猎物千挑万选。"

他握住西奥妮的手,牵着她走向客厅。这一举动使她从恐惧中平静了下来,却又因为另一种微妙的情绪而紧张起来。直到快要走入朗斯顿的视野,他才放开了她的手。

艾默里又向他的前学徒询问了情况,可朗斯顿没什么好说的。他是在西奥妮逃离格拉斯之后才遇见她的。

等年轻的折匠讲述完自己的经历,艾默里开口说道:"朗斯顿,如果有什么我能帮你的地方，一定要传个讯给我。”

西奥妮开始再次讲述自己的经历。朗斯顿从胸前的口袋里拿出一张纸，又从桌子另一端的一个狭窄的笔筒里抽出一支笔。他向纸笔施了咒，让它们记录下西奥妮所说的一切。当西奥妮说到格拉斯的威胁时，朗斯顿的脸色有些可怕，不过他什么也没说，不知道是出于礼貌，还是不想打断抄录咒。

等故事讲完，朗斯顿将笔录对折了三下，放进了衣服口袋。

“在事情结束之前我会多加小心的。”他保证道，摸了摸梳向一侧的灰褐色头发。他站起来，搞得沙发一阵嘎吱作响，“真高兴我能撞上你，西奥妮。我本来不愿意往坏的方向想，但……你一定要保重。”接着又对艾默里说，“你知道哪儿能找到我。”

艾默里点点头，看着朗斯顿向门口走去。他唤醒了犟头，吩咐管家将朗斯顿送出门，顺便将那些废弃的花苞清扫干净。

“当我们还住在伯克郡时，格拉斯是我们的邻居。”艾默里一边关上前门，一边说，“那时候他叫格雷戈里，还是个卖地毯的。以前这屋子里还有些他卖给我的货。”他朝四周虚指了一下，“不过后来丢掉了。”

西奥妮只能点点头。艾默里这么做情有可原，他有很多理由恨格拉斯·寇伯特。虽然西奥妮没在他的心里发现切实的证据，但她一直怀疑里拉还没同艾默里离婚时，就已经开始和格拉斯约会了。在她看来，艾默里早就该心碎了，无须等到里拉将他的心从胸膛里挖出来。

她搓着自己的前额。伯克郡。西奥妮猜自己曾看到的艾默里记忆中的老房子应该就在那里。

"你觉得造纸厂的事情是他做的吗？"她问，心脏紧紧地揪了起来。难道造纸厂的爆炸以及造成的那些伤亡，都是被她连累的吗？

艾默里背靠着墙，双臂交叉，回答说："有这种可能。可格拉斯不太希望引人注目，也很会隐藏自己的行迹。爆炸不太像是他的风格。如果将最近发生的这两件事放在一起看，我会把爆炸算在萨拉杰的头上。"他皱起了眉头，"我想他俩仍然还是一起行动。"

西奥妮强压下她的焦虑，"萨拉杰？"

在她离开艾默里的心脏之前，曾看到过两个人走向浑浊岛。

艾默里不屑地挥了一下手，"另一个血割者，心情好的时候还跟格拉斯相处得挺不错的……不过这都不重要。"他用手指抓了抓头发，"事情变得越来越复杂了。"

西奥妮还想再问，但看到艾默里消沉的样子，又想将这个话题找个箱子锁起来，再埋掉钥匙。她最终只是将手放在艾默里交叉的前臂上，安慰道："不管用什么方法，事情总会解决的。事情从来都是如此。"

艾默里笑出了声，"你惹上了麻烦，却反过来安慰我。这真奇怪，我亲爱的。"笑声渐渐从他的声音中消失了，"希望格拉斯是城中唯一的一个血割者。我真不想再和这些人扯上关系了。"

每当倍感压力时，艾默里就会投身工作，这次也是如此。他从工作室拿出一卷一码长的厚纸，将它拖到房前的园子中。又让西奥妮从他桌子后面堆放的一卷卷纸张中找出许多 8.5 英寸乘 11 英寸和 6 英寸乘 6 英寸的纸来。他没用折纸板，却不知从靛蓝色外衣的什么地方变出了一把剪刀。没过多久，西奥妮就明白了他是要改变房子的伪装。为了不打扰到他，她和"茴香"一起坐在门廊上。艾默里忙不过来时，就让犟头搭把手。

他的动作敏捷得不可思议，他的作品是如此精巧复杂，西奥妮甚至开始担心能不能在两年内——获得魔法师资格至少得花两年——完成课业，因为显而易见，她需要学习的东西还有很多。艾默里裁开这边，剪断那边，做了一个长长的扇形折叠，又看起来很随机地在不同地方前后做四角折叠。

他完成了以后，对西奥妮说："你到大门外面去，告诉我你看到的是什么。"

西奥妮沿着连接大门和门廊的狭窄步行道，跨过艾默里设下的纸结界，来到外面的车道上。她回头看向农舍的方向，却看不到那栋年久失修的黑色房子了，只剩一片龟裂的荒凉沙地，其上分布着一些风滚草。艾默里彻底地隐藏了自己的房子。

过一会儿，艾默里也穿过结界，和她一起站到了外面。热风拂过，外衣在他的肩膀上上下翻飞，他两指轻敲着下巴，微微皱眉，一言不发。可眼里的神情却让西奥妮有些担心，他显然不太满意。

晚餐时,西奥妮专门为他做了牧羊人派,那是他第二喜欢的食物——他最喜欢的一道菜需要大比目鱼,但他们已经没有了。她还做了醋栗馅饼当甜点。他向她道了谢,语气很真诚,但她能感觉到他神情不属。至于纸魔法师的心思到底飘到了哪里,西奥妮知道自己无法探知。

第二天,他还是那副样子。西奥妮只好随他去了,让他埋头于工作。自己则读读《东部折纸艺术》杂志,又做做纸娃娃。直到晚上,艾默里才收回了心思。当西奥妮刚从橱柜中拿出一个晚餐用的沙拉碗时,他宣布道:他们将离开这座农舍。

"离开?"西奥妮问,她差点儿把碗给摔了,"为什么?"

"理由不是很明显吗?"艾默里反问。其实不然。他的语调毫无波澜,听不出任何情绪;目光又一次变得让人难以理解。

"格拉斯到了这里,你又成了他的目标——至少现在看来是这样的,他不会马上离去的。我花了数年时间追捕这个人,西奥妮。就算他知道我们已经离他很近了,也不会轻易逃跑的。他总会……先完成自己的任务。"说到最后,他的声音低了下去。

西奥妮抓紧了心口,喃喃说道:"当时他在仓库里吗?"

她想起了那些血液和器官已被收割了的腐烂的尸体。是格拉斯将他们撕裂的吗?

西奥妮的脑子不受控制地回想尸体腐烂在那里的画面,她赶忙紧紧地闭上眼睛,将那些画面赶出脑海。她放回了沙拉碗,现在已经一点儿食欲也没有了。

"有他，还有些别的人。"艾默里说道，听起来史无前例的严肃。这种严肃几乎让她的心碎成两块，她向他走了一步，又停住了。也许，在这时候，最好不要跨越师父与学徒的界线。

艾默里看向她的眼睛，"这样做会更安全些。就算有了伪装，想要找到我也不是什么难事。很不幸，内阁要求所有魔法师向内阁公开他们的住宅地址，就算有魔法师想要隐居，也不可能办到。而且，我可不信任内阁的内部安全。我们搬去城里，那里更容易隐藏行迹。"

"可你讨厌城市。"

艾默里叹了口气，"是啊，我讨厌城市。我去发电报，订一辆车，你去打包吧。尽量少带些东西。我不知道我们会离开多久，所以要轻装简从。"

"我很抱歉，让你——"

"我们真该花钱弄一个那种电话。"艾默里的声音盖过了她，就跟开灯似的，打开了选择性倾听模式。他自言自语地离开了房间。

西奥妮上楼，从她的床下拉出行李箱来，可又觉得如果要在匆忙之间离开一个地方的话，这个行李箱着实大了些。最终，她打开箱子拿出了一个布包。当她跌入艾默里的心脏时，随身带的就是这个包。

这包不仅脏，有不少地方还磨破了，其中有两处更是需要打补丁。可她已经对它倾注了太多感情，舍不得丢掉。

她叠好一套衣服，放进包的底部。必要的时候，她可以和身上的这套衣服换洗着穿。接着是化妆箱、个人的洗漱用品，折纸教材，最后是用硬壳包好的备用纸。"茴香"在旁边开始嗅她的布包，好像回想起了他们的冒险。

西奥妮捡起它，紧紧地抱了一下，当然只用了纸狗所能承受的力度。

"如果你想跟着我走，就得变得跟最开始一样，孩子。一会儿就好。"

"茴香"摇了摇尾巴，不开心地叫了叫。

"终止。"

"茴香"用干燥的纸舌头舔了舔西奥妮，然后垂下脑袋，收起后腿，以便她将它折叠成扁平的不规则五角形。她小心翼翼地将"茴香"装进包中，确保将他放在了安全的位置，然后将包背在肩上。

她最后看了一眼自己的房间，皱着眉朝楼下走去。

不管发生了什么，至少艾默里还在她身边。

八点四十五分，夏季落日的最后一缕余晖照亮西天的云彩时，小汽车到达了。艾默里将一个随手拿的装得半满的洗衣袋扔进了小汽车最里面的位置，先将西奥妮扶上了车，自己再爬上去。汽车的座位应该是刚装了软垫，他们能闻到一股新皮子的味道。

艾默里对司机说："请到伯利路。"接着又向西奥妮解释道，"我曾在那儿的一个酒店住过，环境还不错。”

西奥妮努力挤出了一个笑容。小汽车的车灯亮起来了，掉了个头，缓缓驶上通往伦敦的路。夏日凉爽的微风扫过没玻璃的窗户，吹乱了艾默里的卷发。树影摇曳，从他们眼前飞快地掠过，多亏了它们，路旁的河流被遮得严严实实。

“艾默里，真对不起。”西奥妮将手放在包上。

“这不是你的错。”他回答，抬起左臂搂住她的肩。随着手臂的重量落在肩上，她的心脏狂跳起来。她不敢移动分毫，免得惊得他收回手臂。他继续说道：“就算有错，也是我的错。如果不是因为我，你根本不会卷进这件事里来。”他顿了顿，接着说，“事实上，这应该是派翠丝·阿维斯基的错，她不该把你分配给我做学徒。对，这事儿就该怪她。”

西奥妮笑了，打了一个哈欠，“我其实挺高兴她这么做了。”

“你肯定是我带过的最有趣的学徒，朗斯顿是最无聊的。”艾默里称赞了她，虽然她被称赞的方面有些奇怪。

“他好像不比你小多少。”

“当然。”艾默里回答说。他的拇指摩挲着西奥妮发辫的边缘，车厢里的昏暗很好地掩饰了西奥妮脸上的红晕，为此她感到十分庆幸。“我带他的时候只有二十四岁，也才刚刚结束了自己两年的学徒生涯。可那时候折匠的数量下降得很厉害，普拉夫魔法学校有可能将他分配给任何人。实际上，当时他只有两个选择，一个是跟着我，一个是漂洋过海到新奥尔良去。朗斯顿为了追一个女孩,留在了英格兰。"

西奥妮努力不去在意艾默里与她的亲近,清了清嗓子问道:"他现在结婚了吗?"

艾默里笑道:"鬼才知道。在他做学徒时,她给他写了整整两周的拒绝信。那之后的一个月,他就跟傻了似的。不过,这最终让他的注意力集中多了。而另一个人,丹尼尔,才是我搬到农舍并将大门伪装起来的原因。但这又是另外的一个故事了。"

西奥妮放松地靠在座位上,艾默里的手臂仍然环抱着她的肩膀,"他是个惹事精吗?"

"一个喜欢调情的人,而且是这方面的高手。不管怎么说,他很能用这种让人质疑的魅力吸引女人。"艾默里边说边回想,"每周都有个不同的女人站在我家门口,至少看上去如此。按照那孩子的进度,要拿到魔法师资格,可能得花六年时间。不过他中断了在我这儿的进修还有另一个原因……嗯,我觉得你对那件事已经知道得很详细了。"

西奥妮点点头,忍住了再次打哈欠的冲动。在艾默里心脏的旅行中,她对他的第二个学徒的了解不多;她唯一知道的是,由于里拉的事情,第二个学徒被转走了。

艾默里继续笑着说:"有一个女孩,隔两天就来一次。丹尼尔跟朗斯顿差不多高,却远不如朗斯顿长情。看起来他已经受够了这个女孩。但我却将她请进了家门，觉得这样也许能够阻止他四处分享我的住址，就像分发万圣节糖果一样。"

一阵颠簸惊醒了西奥妮，她压根儿就没意识到自己睡着了。也许艾默里也没意识到，他依然在她身边侃侃而谈。她发现自己的头枕在他的肩上，连忙坐直了身子，脸又红了。

"那可是小虾。"他边说边摇着头，"谁会用小虾和甜奶油一起做菜？就算是你，肯定也没听说过这档子事儿。"

"这个……"西奥妮眨眨眼，驱赶走眼里的睡意，她继续说道，"这个听起来像是我在德文郡见过的一种汤。而且我并不觉得——"

她从汽车的挡风玻璃看出去。在车灯照亮的前方，好像有个人正站在路上。

车灯照在他身上，时间仿佛静止了。

男人突然举起手臂。挡风玻璃没碎，西奥妮也没听到枪声，但司机的头却猛地向后一仰，黑色的鲜血喷溅出来，洒在座位和挡风玻璃上。

司机从他的座位上滑下去，滑到了仍在行驶的轮胎下。车前灯偏移了方向，不再照向路面，而是依次地照亮植物、土地，最终照亮了那黑乎乎的滚滚河流。西奥妮感到十分害怕。艾默里一手环着她的肩，一手抵在顶棚上固定住身子。

小汽车一头扎进河水，时间好像又重新开始了。西奥妮往前猛冲，用手紧紧地抓住了车前座。她的手腕传来一阵剧痛。黑暗包裹了车厢，冰冷的水漫到了她脚的位置。

如霜似雪的寒冷从西奥妮的胸口扩散开来，浸入了四肢百骸，将她冻住了。她的思维不再运转，心脏停止了跳动，喉咙变得干渴难耐，腿也彻底地麻木了。

"不，不，不，不，不要，不要，不要！"她尖叫，但那声音却仿佛是从别的遥远的地方传来的。河水灌进了小汽车，就像千万只冰冷的蜘蛛爬过她的小腿、膝盖、大腿——

河水从小汽车没玻璃的窗子涌进来。艾默里使劲地推车门，整个车身都倾斜了。车鼻子撞向了河底。

溺死。她正在被溺死。泪水从她的脸颊上滑了下来，河水已经浸没了她的双腿，没过了座椅，马上就要淹到她的衬衫了。她仍然没法挪动分毫。

"我会带你出去的。"艾默里飞快地说道，仿佛这是件很笃定的事儿。

"不要，不要……"西奥妮睁大了双眼，喃喃道，她的手指紧紧抓住了前座的靠垫，泛白的指关节凸起，"不要，不要。"

艾默里把她的胳膊从司机的座位上拽下来，然后让她双手环住自己的脖子。

"先深吸一口气！"他叫道，"抓紧我。在我们出去前千万别再吸气了！"

水漫过她的腹部、胸部，到了领口处了。

她抽搐起来。

艾默里咒骂了一声,猛地吸了一口气,然后闭紧了嘴巴。水漫过他们的下巴、前额、头顶。

西奥妮紧闭着眼睛,指甲掐进了艾默里的脖子,她靠着他,近得能感受到他衣领的料子。她又猛地向前冲去,感到车窗的上框刮过了她的背和大腿。

紧接着,黑暗吞噬了她。一切都是那么冰冷,除了艾默里的脖子和自己肺部的灼烧感。她感到他在她旁边踢着腿,但是水……无穷无尽的水,无穷无尽!

西奥妮好像回到了七岁的时候。她跌进了亨德森的鱼塘,想要扑腾到水面上去,却只是激起了池底的层层淤泥。她无法呼吸了!

突然,她破出了水面,皮肤感受到了夏季温暖的空气。她喷出一口水,猛吸了一口热气,喉咙像被火烧了似的。由于水的浮力,她感到有些失重,就像是从高空摔落一样。于是她仍然紧紧地扣住艾默里。

"嘘,嘘。"艾默里劝慰她。伸出一只手臂抱紧她,将她揽向自己;另一只手前后划着水。突然,他停了下来,他们又开始下沉。西奥妮正要尖叫,但那只握在她腰上的手抬了起来,掩住了她的嘴。

艾默里又蹬了两下,他们再次浮出水面。这次,艾默里手上多了个塑料箱子,他用牙齿打开箱子,箱子里放着一张折好的纸。

他用嘴叼住纸,扔掉了塑料箱子,然后用那只划水的手抓住了纸。他们又开始往下沉，艾默里低声说："隐藏。"接着将纸扔到空中。西奥妮看着那张纸在星光下展开，扩张，直到像一把伞一样悬在了离水面几英尺高的地方，覆在他们头顶上方。

艾默里继续划水，朝着岸边游去。隐藏纸符则跟在他们头上。西奥妮的恐惧消退了些，渐渐回过神来。小汽车。水。她浮出水面了吗？艾默里？

她眯着眼睛看向星光下的公路，只能隐隐约约地看见河岸上有一个人影。她看到了一个男人，站在灯光里的男人。

这时，她的脚接触到了水下的泥地，艾默里也停止了划水。他也看到了那个人，并死死地盯着那个人影。

灯光来自另一辆行驶在稍远处的公路上的小汽车。一时之间，灯光照出了站在那里的男人瘦高的身形，卷曲的头发和深色皮肤。西奥妮眯着眼，觉得自己好像认识他。可还没等她认出来，他就消失在了一阵烟雾中。打着灯的小汽车放慢了速度，司机似乎已经发现前方出了事故。

艾默里在水中用双手拥着西奥妮。"对不起。"他在她湿漉漉的头发旁低语，"对不起。现在没事儿了。你没事儿了。"

然后他亲吻了她的额头。

西奥妮还没有完全清醒，但能意识到自己仍然在哭，因为泪水比冰冷的河水温暖许多。她的牙齿上下打战。

西奥妮将脸埋进艾默里透湿的衣服里，颤抖着，直到公路上又出现了另一辆小汽车的灯光。有人提了个应急灯向水面照来。

"他们在找我们呢。"艾默里耳语道,接着他说,"显露。"隐藏他们的纸符就自动折叠成了最初的样子,落入了水中。艾默里让它随水漂走了。他将西奥妮扶起来,领着她朝倾斜的河岸走去。她紧紧贴着他,甚至当他向搜救者挥舞手臂求助时,她也没松开一点点。搜救者中的一位转身返回车上,不知是去拿绳索还是再拿一盏灯。

"不是格拉斯。"西奥妮轻声说道。

"不是。"艾默里肯定道。

西奥妮听出了话里的笃定。不管攻击他们的人是谁,艾默里都肯定认识。

第六章

西奥妮坐在南伦敦警局角落的椅子上，抚摸着"茴香"湿透了的残躯。当小汽车落水时，"茴香"被装在她的布包里。艾默里安慰她说，这只狗能被修好。但现在，纸魔法师却正在一间上了锁的房间里，同当地的警探以及刑侦局的朱丽叶·坎特雷尔魔法师说话。西奥妮只好孤零零地坐在空空荡荡的警局里，将这只残缺不全的浸湿了的狗放在腿上，轻轻地抚摸着。

她打了个哈欠，又打了个嗝，这得归功于魔法师坎特雷尔，为了舒缓她紧绷的神经，给她喝了一小口法国白兰地。后墙上的樱桃木制成的布谷鸟时钟走到了午夜十二点三十分。

西奥妮转头看向艾默里进入的那扇房门，他都进去一个小时了。西奥妮知道，他和执法机关关系匪浅，已经合作过很多年了。可她还是希望能旁听他们的讨论。艾默里坚持要让她在门外等着，不知道他是想保护她，还是单纯地不信任她。

当小汽车翻过河堤时，她束手无策，表现得像一袋被象鼻虫啃过的面粉。如果当时她独自一人，肯定会死在水里，尸体漂浮在那个连名字都不知道的司机旁边。

那个司机。她其实不太记得翻车时的情况了，但司机可怕的死法却历历在目。只是因为另一个人猛地一挥手，他就死了。一定又是一个血割之咒，否则西奥妮不知该作何解释。

门开了。西奥妮兴奋地抬起头来，然而只有警探一个人出来了。他手上拿着一个塞满纸张的黄色无标记文件夹。一瞥之下，她发现文件夹上有个"禁看"锁——只有当接到特殊指令的时候，锁才会开启；但下达指令的人并不一定得是魔法师。艾默里上周才教会了她这个咒语。

警探四处看了看，找了一张空桌子，将其中的一张纸放了上去。接着，他穿过房间，走向西奥妮，拉出一张椅子，坐在了她的对面，他们的膝盖可能只隔了两英尺。他拿着一支昂贵的笔，笔的末端有一个小小的熔铁标记——当笔快没水的时候，封印就会亮起来。在塔吉斯·普拉夫魔法学校读书的时候，西奥妮有一支一模一样的。

他在膝盖上放了一本印有刑侦局标志的小册子。

严格意义上说，刑侦局是魔法内阁的一个分支机构，不管是在境内还是海外,同英格兰的执法机关都有着密切的合作关系。有一些魔法师甚至会和刑侦局以外的办案机构一起工作。西奥妮觉得魔法内阁介入其中虽然无可厚非,但会不会有些太小题大做。

西奥妮打量了眼前的警探好一会儿,他的 T 恤上有咖啡渍,套在肩膀上的手枪皮套里似乎是一支熔铁手枪。铁熔魔法师常和执法部门并肩作战。如果西奥妮真如她打算的那样成了一个铁熔魔法师,也许会是在完全不同的情况下来到这里。

警探皱了皱眉,"特维尔小姐,你需要一条毯子吗?"

西奥妮摇了摇头,虽然湿透的腰带贴在皮肤上,已经开始瘙痒,"我没事,谢谢你。"

"我很抱歉,需要你再说一遍事情经过。"警探歉疚地说道,"不过,你能再复述一次吗?尽可能地将记得的细节告诉我。"

西奥妮咬住下唇,点了点头。她竭尽所能地回忆事故过程,努力使自己的声音听起来流畅些,可当她说到司机的死时,声音还是抑制不住颤抖。除了事故的开头和结尾,她什么也想不起来。当小汽车撞向水面时,她的大脑就停止了运转。

真没出息。

警探又问了她一些其他的问题,最后向她道了谢,站起身来,将椅子还原到之前的位置。

关着门的房间中,魔法师坎特雷尔和艾默里还在讨论。过了一会儿,警探也再次进入了那个房间。

警察局的前门敞开着,魔法师阿维斯基、满脸疲惫的黛丽拉和魔法师休斯走了进来。休斯是一名皮匠——橡胶魔法师。三个月前,在让艾默里受到死亡威胁的那次冲突中,西奥妮曾亲眼见过他。魔法师休斯在魔法内阁中专理刑侦局的事务,西奥妮在艾默里的第三心室得知,当初正是他同艾默里一起追捕血割者。

西奥妮站了起来,将"茴香"和其他浸湿了的随身物品放在椅子上。

阿维斯基第一个来到她身边,抓住她的肩膀,上上下下地打量了一会儿,"特维尔小姐,你总是使自己身陷险境。"她啧啧地说道,接着欣慰地叹息了一声,"感谢上帝,你平安无事。"随即脸色白了白,问道,"魔法师塞恩呢?"

"他没事儿。只是脑袋被撞了一下。"西奥妮回答。直到他们到了警察局,她才发现他的伤。那时,从艾默里发际线处流下来的血已经干了。

她真是没用透了。

她接着说道:"他正在跟魔法师坎特雷尔说话。"用手指了指房间那头关着门的屋子。她已经见过铁熔魔法师坎特雷尔了,不过见面的时间很短。看起来坎特雷尔更关心艾默里对这起事故的描述,而不是她的。

黛丽拉向前跨出一步,给了西奥妮一个紧紧的拥抱,但却不像往常那样亲吻她的双颊,"哦,西奥妮,听到这些真让人难受。这一切实在是太可怕了。"

"我没事。"西奥妮说，然而对这个回答她自己也没多少底气。她感到疲惫、恐惧、担忧、焦虑，当然也有庆幸——"没事"到底可以代表其中的哪一种情绪呢？

"你已经做完笔录了？"魔法师休斯问道。他听起来比西奥妮记忆中的还要粗鲁，但有可能是因为夜已经深了。

她点点头。

魔法师休斯皱起了眉头，用拇指和食指搓着修剪得整整齐齐的白胡子，"总是身陷险境都低估你了。这周，你已经三次被卷进危机了。"

"三次？"阿维斯基重复道，厚眼镜后面的眼睛瞪大了。

魔法师休斯点点头，"我昨天晚上收到了一份报告，格拉斯·寇伯特又出现了。看来他回城了，还私下拜访了特维尔小姐。"

黛丽拉一把将西奥妮的胳膊抓到了自己的胸前，不住地发抖。

阿维斯基脸色发白，"可他已经离开了英格兰！"

"我们都是这样认为的。"休斯说，"可他又为这人回来了。"

"不，他是为里拉回来的。"西奥妮反驳道，用自由的那只手整了整湿淋淋的上衣。刚到警局时给她的那条毛巾也已经湿透了，正挂在她的椅背上。"他觉得我知道冻结里拉的秘密。"

可是西奥妮并不清楚自己当初是怎样击败里拉的。她们在山洞外打斗，在争抢里拉的刀的过程中，西奥妮切开了里拉的眼睛……

接下来发生的事情，她就没法完整地回想起来了。她在一张透湿的纸上写了"**里拉冻住**"，就像在写幻想故事似的。但是，里拉被冻住并不是幻觉。

"格拉斯似乎不怎么满意你的回答呢。"休斯说道，来了兴趣。

"不。"他们身后传来一个疲惫的男中音，西奥妮听出了那是艾默里的声音，"攻击我们的人不是格拉斯。"

他们转身面向艾默里。坎特雷尔和艾默里一同从办公室中出来了，坐在一旁的桌子上，在一本册子上奋笔疾书着什么。黛丽拉将西奥妮的胳膊抓得更紧了。

"西奥妮和我都认定那不是他。"艾默里一边说，一边赞同地看着西奥妮。她突然舒了口气，纸魔法师没有怪她将事情越弄越糟——至少，他看起来没怪她。"虽然不能确定，但我还是怀疑那是格拉斯的同谋——萨拉杰·培伦提。但当时太黑了，我处的位置视野也不好。"

休斯又皱起了眉头，"我们已经近三年没有听到过培伦提的事了。"

"我觉得你应该听到过，只是不知道那些事是他干的罢了。"艾默里说。

休斯不置可否地笑了，但没有反驳。

"谁是萨拉杰？"黛丽拉问。

休斯叹了口气，"派翠丝，或许你该把你的学徒带到另一间房间去。"

西奥妮说道："请让她留下来吧。她有权知道，这件事也或多或少与她有关。"

黛丽拉下巴都快掉地上了，不过还是保持了冷静，暂时没问为什么。阿维斯基点点头，休斯耸了耸肩。

"萨拉杰·培伦提是一位来自印度的血割者。"皮匠解释道，"或者说，至少是印度裔。我们对他的过去了解很少，无法确定他的出生地。不过，他的犯罪风格倒很明确。"

西奥妮的胳膊上起了一层鸡皮疙瘩。

"是什么？"阿维斯基问道。

"难以捉摸。"休斯说，"有时候他单打独斗，有时候和一群血割者一起行动，而且这些人常常由格拉斯·寇伯特带领。直到1901年，我们的突击行动瓦解了他们的组织。关于萨拉杰·培伦提，我们知道两件事，一是他很张扬，二是他完全没有良知。"

"张扬。"西奥妮说道，"就像是爆炸那种。"

"或许吧。"休斯说，"但我们没有证据证明他和造纸厂那件事有关。事实上，造纸厂那件事情看起来同其他事完全没有联系，除了你都是受害者这一点。"

西奥妮想起了爆炸后在造纸厂外的人群中看到的那个印度人，想起了被人窥视的怪异感觉，那种感觉让她的皮肤一阵阵刺痛。她抖了起来。

"我想，应该就是他。"她喃喃低语，"我看到他了，就在造纸厂外。深色皮肤，黑眼睛……很瘦，留着半缕胡子，对不对？我想，他就在那儿。"

艾默里的两撇眉毛皱在了一起，使他的额头出现了皱纹。他的眼睛里闪着微光，让西奥妮想起了沐浴在阳光中的鹅卵石地面散发出来的暖意。

西奥妮衣服下的皮肤越来越痒了。如果当时萨拉杰离她足够近，能伸手碰到她，会怎样？如果像之前在公路上，一个简单的手势就让她血肉横飞，又会怎样？

"好吧。"休斯说，听起来非常清醒冷静，"如果是这样的话——"

西奥妮摇了摇头，紧挨着她的黛丽拉感到困惑不解，"但他俩应该不是一起行动的！格拉斯想要让我同他合作，以便从我嘴里得知在浑浊岛上到底发生了什么。如果他杀了我，就永远得不到答案了。如果另一个人是萨拉杰·培伦提的话，他肯定没和格拉斯一起，格拉斯想要我活着，而显然，萨拉杰并不是这样想的。"

"真聪明。"艾默里阴郁地评论道。

阿维斯基点点头，"这点提得很好，虽然让人想起来很不舒服。"

休斯又开始搓他的胡子，"虽然这两人似乎都把西奥妮当成了目标。但我想不出有什么理由，会让萨拉杰和格拉斯分道扬镳，除非这两人闹翻了。如果我记得没错的话，"他瞥了一眼艾默里，"萨拉杰非常讨厌里拉。我想，让她好过绝不会是他的动机。"

艾默里点头。

休斯接着说:"所以,就算他俩一起行动,也有不同的规划。在我看来,我们的两个嫌犯之间,大概有不少误会。"

"在这间屋子里面,我们也有不少的推测了。"艾默里从休斯和阿维斯基中间穿过,走向西奥妮。他抬起一只手放在西奥妮的肩上,这一举动立马引来了阿维斯基的皱眉。"一个晚上,提出这么多推测,已经很不容易了。西奥妮和我得在城里找个落脚的地方,直到这件事圆满解决。"

"我已经安排妥当了。"阿维斯基说,但她的眉头仍没有舒展,嘴也撇着,就像是艾默里的手指上有根线扯住了她的嘴角。"离我家不远处有栋公寓,你们可以暂时住在那里。那是片人口稠密的区域。门外有司机等着送你们去。"

艾默里说道:"谢谢你,真是感激不尽。"

休斯留下来同坎特雷尔讨论他的发现,西奥妮和艾默里跟着阿维斯基和黛丽拉来到街上,高大的路灯洒下光辉,玻璃罩中被施了法的火焰长明不熄。阿维斯基的小汽车是八座的,每一扇车窗都有玻璃。阿维斯基施了个咒,让后座的玻璃窗变黑了,将车里的乘客隐匿在了黑夜中。

小汽车在离议会广场四个街区远的十二层砖混楼房前停下时,大本钟敲响了子夜一点的钟声。西奥妮和艾默里的临时公寓位于楼房顶层,有一间狭长的客厅、一间大卧室、一间狭窄的厨房、一间衣帽室和一间浴室。

艾默里径直朝客厅的沙发走了过去，踩得木质地板吱吱作响，直到踏上了一张老旧的手织地毯，声音才消失了。

"西奥妮。"西奥妮刚想穿过门廊的时候，阿维斯基叫住了她。黛丽拉留在了楼外的汽车上，让她的导师和西奥妮单独相处。"既然这一系列事件看起来都是冲着你来的，我认为你最好还是暂时离开躲躲风头。我认识君士兰的一名纸魔法师，叫威尔士，他可以继续教你，这样也不至于使课业中断太多。"

"不用了！"西奥妮迅速地回答道，"我想跟艾默里待在一起，我指的是魔法师塞恩。"

阿维斯基的两撇眉毛绞在了一起，西奥妮暗暗骂自己怎么能在阿维斯基面前直呼艾默里的名字。学徒从来不直呼魔法师的名字，这种做法实在不得体。

"我的意思是，我觉得这时候我要是离开了，对卷进这件事的人来说很不利。"西奥妮修正道，"如果我可以选择的话，我还是想留在伦敦。"

阿维斯基一脸的不悦，草草地点了个头。看得西奥妮心惊胆战。

"特维尔小姐，照顾好自己。"阿维斯基一边说，一边向走廊退去，"我很快会再来看你。"

阳光透过靠床的方形大窗户洒进房间，唤醒了西奥妮。虽然昨晚歇下时已经很晚了，可脑子里思绪万千，让她难以久睡。为什么另一个血割者想要伤害她呢？格拉斯在哪里？他接下来会做什么？这个新公寓能让他们安全地待多久？

魔法师阿维斯基到底是怎么看她的？还有怎么看艾默里的？

她从床上起来，身上只穿着内衣和一件衬衣。她睡觉的时候从来没有穿得这么不齐整，尤其是和一个男人同住一屋时。但昨晚她所有的衣服都被浸湿了，只能在穿着湿内衣睡觉和裸睡之间选择。所以，她必须快速地穿过房间，走到浴室，这让她很是难为情。

她脸红了起来，甚至胸膛和手臂上也泛起了粉色。然后，她赶快来到自己的衣柜前。昨晚，她将衣服挂在衣柜里晾干。备用的衣服看起来已经可以穿了。穿在身上的那套必须得洗，上面沾满了河岸的泥浆，泥浆干了之后变硬结块儿了。

她匆匆地穿上衣服，梳了梳头发，却没有化妆。她觉得眼影和口红都不会使她看起来好点儿，更何况或许那些化妆品也需要晒干。

她打开卧室的门，发现由于那扇朝东的窗户，整个客厅都沐浴在明亮的阳光里。淡紫色的沙发上放着一条折好的毛毯，整整齐齐地和最右边的靠垫并排放置。艾默里坐在一张靠墙的高大的胡桃木纹路的桌子旁，他的靛蓝色长衫挂在门后，只穿了一件简单的白衬衫，一条昨天穿过的灰色休闲裤。

他折好了"茴香"的左前腿。

"艾默里！"西奥妮大喊着朝他跑过去。他身旁有一叠干净的白纸——他是从哪儿弄到的？"茴香"也几乎完好无损了，它的纸耳朵和一部分身体略微有些褶皱，在河里被弄皱的。

"你哪有时间做这个？"她问道，打量着他的作品和他的黑眼圈，"你没上床休息。你假装去睡觉了，实际上却在干这个！"

艾默里笑着说："我还有很多事情要思考，所以也不介意做做这个。"

"你太讨厌了。"她嘟哝着，泪水在眼眶里打转儿。她摸了摸折向一侧的"茴香"的新鼻子。

"你需要休息。"她补充道，不过声音更小了。艾默里躺向椅背，舒展开双臂，两条手臂形成了一个开口很大的 V 字形，"打个盹儿就行了。现在几点了？"

西奥妮皱起了眉头。艾默里当真是失眠了吗，还是他专门为她做了这些？

"七点半。"她说，"谢谢你。这对我来说很重要。"

他用眼睛冲她笑。

"我去做早餐。"西奥妮宣布道，向厨房迈了一步，但随即停住了，"我们没吃的。"

艾默里摸摸下巴，"我想你是对的，除非派翠丝在我们来之前花时间塞满了橱柜。不过根据我大致的观察，我觉得那不大可能。"

他看了眼自己的作品，"再给我几分钟的时间，完了之后我们就去采买点儿食物。"

看到那双疲惫的眼睛，西奥妮忍不住想要伸手抚摸他的脸，但三思之后，还是缩回了手。她又想起了魔法师阿维斯基看她的眼神。

"你得先休息。"她最终说道。

"还是算了吧。"艾默里坦白地说，"我想要保持警惕，而且隐藏好行迹。可惜我对杂货递送一无所知。我在楼下的大厅里看到了电报机，但是不知道怎么联系送货的。"

西奥妮离开去写购物单了，特意写上了用来洗脏衣服的肥皂。为防发生意外，她多装了几张纸在包里，然后离开了房间。艾默里已经折好了"茴香"，却没有唤醒它，仍将它留在桌子上。他穿上靛蓝色长衣，走出了房门。外面零星的有些早起的人在打扫着街面。

"我觉得我们应该到议会广场的西面去买这些东西。"艾默里边说，边看着西奥妮的购物单，"那块儿总是很热闹，这对我们有利。"

他叹了口气，将购物单递还给西奥妮，"真烦人，那地方就跟重感冒一样。"

"堵塞不通又累人？"

艾默里眼睛里闪现着开心的光芒，"相当准确。我喜欢你的思维方式，西奥妮。"

西奥妮放任自己沉浸在被赞赏的愉悦中，直到他们抵达市场。可惜这一段路只花了十分钟，因为他们住的那栋复式公寓位置便利。议会广场的最西端，当地的农民小贩排成了一条长龙，一个个摊位聚集在一起，形成了两条狭窄的街道。此时，顾客已经很多了，有些人正在掂量西红柿，有些人将串珠式的珠宝举在阳光下查看。一些鸽子聚集在市场的角落里，啄食着面包屑。大本钟在它们身后撞响整点的钟声。

在一个被漆成亮绿色的乳制品摊位前，西奥妮一边察看一小块圆形奶酪，一边说："鉴于种种原因，我申请家庭作业延期。"

"当然不行。"

艾默里向摊贩付了钱，西奥妮将奶酪装进布包，"为什么不行？"

"魔法师要能在压力之下继续工作。"艾默里言之凿凿，"所以你也一样。或许你再被刺杀一次，我会重新考虑一下。不过就现在而言，课程和作业都将和平日里一样。"他停顿了一下，"不过，我怀疑你把纸娃娃落下了，是吧？我会想想有没有其他作业的。"

西奥妮皱起了眉头。

她向一个垫了带梭结花边的青绿色桌布的蔬菜摊位走去。将要离去的顾客向她撞过来，她好不容易挤了进去。街道狭窄，摊位也很狭窄，没给来往的顾客留下什么私人空间。她的胃也不舒服地绞痛起来，就像是盛满了无法与黄油相容的奶油。她捡起了一根红椒翻看，然而实际上根本没怎么看。

当艾默里靠近了之后，她说："关于昨晚的事我真的很抱歉，如果你生气了，我能理解。"

他慢慢地看了她一眼，那双翡翠色的眼睛显然充满了惊讶。"西奥妮，又不是你撞毁了那辆车。"他低声说道。

西奥妮放下辣椒，"我知道。并不是因为那个，我只是……"

她长舒了一口气，从摊位前退开一步，离开了人群，"只是我很没用，跟房间里做了一半的纸娃娃一样。我知道你对我抱有更大的期望。"

艾默里点点头，可他眼里流露出来的却是同情。西奥妮等了一会儿，然后才走向下一个摊位，她在那儿挑选了一捆胡萝卜和一些百里香。

他们绕过了两个有勇气骑着马挤进市场的人，回到了道路中间，艾默里开口说："我能理解你为什么这么想，西奥妮，但我并没有对你不满，你应当知道的。"

她只能点点头。

"我们都有自己的恐惧。"他说，一只手护着她的背，带她绕过一群聊八卦的女人。他轻轻的触碰很温暖，令人无法拒绝。"你理解我的恐惧。我也想体验和理解你的，这很公平。"

她惊讶地回头看他，"我……谢谢你。"

他搓了搓眼睛，由于疲乏，眼皮子都快耷下来了，"让我们看看……购物清单。这里写着大黄，我觉得。"

"大黄没在——"

"如果你今晚做派的话，我们还需要面粉。"他继续说道，指向一个宽大的摊位，那里摆放着各式各样的农产品。西奥妮知道这个季节已经没有大黄了，不过那些农民或许存着些红色的大黄杆。

她笑着说："如果是那样的话，我还需要鸡蛋和黄油。我只带了一个包，但我确信你那件衣服里还能装很多。"

"灰色的那件口袋要多些。"

西奥妮选了一些大黄杆，思索着临时住所的厨房里有没有馅饼烤盘。这时，她的皮肤感到了一阵熟悉的不适——是她在达特福德的造纸厂外感觉到的那种难以忍受的刺痛。

她愣了一会儿，艾默里又将手放回了她背上，推着她沿路多走了几步。

"别回头。"他耳语道，"我相信我们被跟踪了。我们绕个圈子去查看，好吗？"

西奥妮胳膊上的汗毛竖了起来，她点点头，专注地盯着前方。她能感觉到脉搏在脖子下方加速跳动，却分不清是因为恐惧，还是因为艾默里紧扣住了她的肩胛。她的内心不禁哀号，一个女人到底可以陷得多深？

他们穿过摊位，向左走去，路过放着各色珠子和皮货的桌子，又从农产品小贩身后绕过，再次到达了售卖红椒的商贩那里。西奥妮买了离她最近的红椒，希望这能使他们的举动看上去自然些。艾默里立马会意了，付了钱，向商贩道了谢。

他们继续在其他顾客中间迂回前进。艾默里将手伸进外衣中，拿出一卷纸，将纸套在小拇指上，卷得更紧。没过多久，就折出了一架纸望远镜。

西奥妮瞧了一眼他的袖子,"你到底在那儿装了多少东西?"

艾默里只是笑,拉着西奥妮来到一个旧书书店旁。他从楼房的转角看出去,拉长望远镜,命令道:"对焦。"他搜寻着街道,隔了好一会儿才收缩起望远镜,塞回衣服里。

"真是个胆大包天的人。"

"格拉斯?"西奥妮问道。她很想知道自己的爆炸咒究竟对他造成了多大伤害。

"不是,是萨拉杰。至少我认为是他。那人单独一人,戴了个兜帽。"

"让我看看。"

艾默里有些犹豫。

她伸手等着。纸魔法师犹犹豫豫地将望远镜递给了她,望远镜上的放大咒仍然有效。西奥妮花了点儿时间,才将望远镜对准了一个站在路远处的相当高的男人——据她推测,比格拉斯矮些。就这个天气而言,他穿的夹克也太厚了,还戴着款式老旧的兜帽,遮住了整张脸。有可能是心理作用,他和她在造纸厂外和小汽车事故中见过的男人很像。但她无法看清男人的脸。

西奥妮放下望远镜,躲回书店旁的转角。她皮肤上的刺痛感更明显了——也许那是被血割者注视时,自然的生理反应。

艾默里拿回望远镜,"我要你绕过这间书店,往银行那边走。发生什么事都不准停下。然后从公寓楼的后门进去。听明白了吗？"

突然一阵刺痛传来，好像电流穿透了西奥妮的躯体，直抵头骨。她抓住了艾默里的前臂。"不要。"她低声请求着，"不要现在去跟踪他。我不想你受到伤害。"

艾默里说："我知道我在做什么。"

你知道自己在干什么，但到现在你还没抓住他？西奥妮本想这么回答，但最后还是没说出口。

另一句话出现在脑海，"那让我跟你一起去。"

他皱眉，"绝对不行。"

"你不相信我？"

艾默里的眉头皱得更紧了。他向后看了看书店，才开口说道："这不是相不相信的问题。"

难道不是吗？但西奥妮知道自己是绝对不可能赢得争论的，所以，她换了种方式。

"可那样的话我就独自一人了。"她说。一个怀孕的妇女从他们身边经过，西奥妮等到女人走远，无法听到他们说话才继续道："而且，我才是他的目标，不是吗？"

艾默里的嘴唇绷成了一条细线。他瞥了瞥书店的转角处——仅仅一眼——然后点点头，"好吧。不过我们得绕路回家。找个能给警局发电报的地方，通报他的行踪。我可不想让他探知我的任何一样魔咒。"

西奥妮点头答应，强迫自己放开了紧紧抓住艾默里前臂的"蟹钳"。她下手肯定比自己以为的重多了，当她放开他后，他揉了揉被抓的地方。

他们绕了很远很远的路，当到达那栋复合型公寓时，西奥妮的脚和屁股都走疼了。

西奥妮不禁觉得，他们的每一步都走得如履薄冰。

第七章

当晚，西奥妮做了一道简单的炖汤当晚餐。她悉心烹饪和调味，在食材有限的情况下，尽量做得美味些。早些时候，魔法师阿维斯基前来拜访，顺道给他们带了些日用品，还替魔法师休斯带来了几本册子给艾默里。在此之后，艾默里就一头沉浸在了资料中。

他坐在桌旁吃饭，西奥妮将自己的那份汤端进了房间，然后让"茴香"闻了闻她的碗。"茴香"欢快地叫起来。由于"茴香"是纸做的，所以没法儿喝汤，但艾默里还是将它的行为塑造得跟真狗一模一样。作为一个对狗过敏的男人，他对这些细节可是了解得很。

西奥妮已经读到了折纸课本的第十三章，她边读边记，重复浏览那些重要的段落或是艾默里划出的重点，确保自己将知识点都牢牢记住了。她一边学习，一边用手指摸着头发上的发夹——艾默里给她做的那个。她希望他们能尽快回到农舍，虽然它杂乱无章，但她越来越喜欢那地方了。早上从市场回来后，没什么特别的事情发生，所以或许他们很快就能回去。西奥妮知道，在想出解决当下困境的方法之前，这事是不可能发生的，但想想总是可以的。

她清洗了自己和艾默里的衣服，然后用扇咒吹干。接着洗了澡准备上床睡觉。卧室窗户的窗帘已被拉上，在入睡前，她透过窗帘缝看向夜晚的城市。城里的灯光并不充足，夜色隐没了街道，只有偶尔经过的小汽车，前灯照亮了街上的鹅卵石，就像在热面包上抹了一层黄油。

西奥妮叹了口气。她讨厌被这样困着，等待敌人采取行动。对付里拉的时候，她至少还多多少少掌握了些主动权。就算被困在了艾默里的心脏里，她也还能往前走，有些进展。这里，城市里，高楼林立，道路拥挤，她就像一只被困在了迷宫里的老鼠。有些时候，人们还会在迷宫中放块儿奶酪，而她，连块儿奶酪都没有。也许这就是艾默里痛恨城市的原因。

她关了灯，却发现门缝里透露出昏暗的灯光。她走进客厅，只见艾默里坐在沙发的一端，正在阅读一本新的册子。

她凝视了他一会儿，看着他专注的眼神、耷拉着的肩膀，看着灯光照在他波浪形的卷发上，脸庞的轮廓或隐或现。她竟然曾觉得魔法师艾默里·塞恩长相平平，真是蠢透了。

过了一会儿，艾默里才感觉到了她的存在，从资料中抬起头来看着她。

"你再不休息就要垮了。"西奥妮警告他说，随即发现他放在桌子上的餐碗。她穿过房间，拿起了那只碗；即使是这样的小事，他平时也会打理得很干净，今天却一反常态。那些册子的内容一定非常重要，这让她忧心忡忡。

"我一会儿就去睡。"他说。

"嗯。"西奥妮嘟囔道，心里并不信任他。看来她要往食物里放些罂粟籽和甘菊，让他好歹睡上一会儿。这人要是没有学徒来照顾他，该怎么办呢？

她向厨房走去，艾默里却叫住了她，"西奥妮。"

她回头看去。艾默里仍然窝在沙发上，不过向她伸出了左手。

西奥妮以为他出于某种原因想要回自己的碗，她把碗递给他，他的手却越过了餐具，抓住了她的手腕，轻轻地将她带向沙发，让她坐在自己身边。

艾默里用一只手臂环抱着西奥妮的肩，她感到一阵阵战栗，似乎有上百只蚂蚁从她的皮肤上爬过。她张口想要询问。但艾默里仍旧阅读着他的册子，册子里每一页的空白处都被潦草的笔记塞满了，但却并不是他那精致的字迹。

等到战栗感消失，她的脸和胸口就烧了起来。每次他靠得太近时，她都这样。隔了一会儿，她才使自己放松下来。艾默里没穿那件靛蓝色外衣,她靠着他坐着,惊讶地发现他竟然这样的温暖,就像他的皮肤下正燃着一簇营火一样。并不灼热,只是让人觉得……很舒服。

她像在车里时那样,将头枕着他。他的手指扣着她的肩。她的心中如有小鹿乱撞。透过艾默里的肩膀,她能听到他的心跳声。她熟悉艾默里的心跳,就像熟悉自己的一样。所以她知道他的心跳虽然稳健,但似乎还是比平时要快上一些。

他身上留有肥皂的清香,还有一种特殊的黑糖的甘甜气息。她打量着他脸上新长出来的胡茬,在长长的鬓角附近生长得要浓密些,唇边则稍微稀疏些。她又盯着他的嘴唇看了一会儿,唇形优美,看起来很柔润。她在面红耳赤之前移开了目光。

她沉浸在此时此刻之中,一切都是那么完美,心跳渐渐平缓了下来。她意识逐渐模糊,坠入了同样温暖和美好的睡梦中。

第二天清晨,"茴香"拖着西奥妮乱糟糟的辫子,将她唤醒。她环顾四周——桌子、天花板、窗子——过了好一阵儿才认出她身处的地方:城里公寓的客厅。她蜷着腿,侧身睡在沙发上,睡得右脚都麻了。身上还裹着一条黄褐色的毯子。

她突然弹坐起来,将"茴香"摔在了地板上。"茴香"叫了几声表示抗议,接着低下头,开始在地上嗅来嗅去。

西奥妮没有看到艾默里,但桌旁的椅子却被拉了出来面向她放着。椅子上有一张纸条,上面是他优美的字迹。

她眨了眨眼睛，驱走睡意，开始读那张纸条：

我去找魔法师休斯了，他家位于朗伯斯区（威克姆大街47号）。我要和他商量一些重要的问题。我已经给公寓设置了结界，所以在我回来之前，请你千万待在结界中。我还留下了一个模仿纸咒，方便你联系我。

西奥妮放下纸条，看向桌子。果然，桌上有一张被裁下来的纸，纸的抬头处写着"模仿"二字。

我就离开几个小时。派翠丝会在附近，以防发生紧急情况。

在桌子的第一格抽屉里，你可以找到些纸，以及制作收缩锁链的说明（很遗憾，这种锁链只能锁住没生命的东西）。等回来的时候，我希望看到二十一节链环都完成了。你的人身安全受到威胁并不能成为不做家庭作业的借口！

在留言的末尾，他画了一张笑脸——两个点，一道弧线——签了自己的名字。

西奥妮叹了口气，放下了这张留言，找出收缩锁链的制作说明。虽然艾默里写得一手漂亮的好字，还可以闭着眼睛折出完美的作品，但这些就是他艺术能力的全部了。她将那张潦草的步骤示意图颠来倒去，试图搞明白到底该怎么做。她大概看明白了怎么制作链环，并将它们连接起来。不过，她还得自己动手试一下，看看是否正确地理解了示意图。

她找出了根炭笔，在模仿纸咒上写道：你肯定不介意我拿你的东西练习一下，对吧？

请别用我的衣服。他回复道。

她将笔搁在一边，到厨房去取麦片，顺便将他们为数不多的餐具洗了。她换上了已经洗干净的一套衣服，接着整理了卧室，叠好沙发上的毛毯，给"茴香"折了个纸骰子，让它捡着玩儿。做完这些，她终于坐下来，准备完成作业。

她尝试了四次，终于折好了收缩锁链的第一节链环。这让西奥妮大为恼火，因为她很少做错两次。将两张 4 英寸乘 5.5 英寸的纸勾连在一起，一节链环就折成了。当她开始折第三节链环时，听到了旁边屋子里传来的敲击声。

她抬眼望去，喊道："'茴香'？"

但那只纸狗正缩在沙发脚下，舔自己的爪子。

西奥妮手中拿着折了一半的链环，犹豫不决。但她又听到了一阵敲击声，像是指甲叩在窗户上的声音：嗒，嗒，嗒，嗒。

她从椅子上站起来，仔细听，不是从窗户那边传来的。

西奥妮走到厨房里查看，那声音第三次响了起来，而且更响了：嗒、嗒、嗒、嗒。在衣帽室里。

她打开了衣帽室的门。房间里唯一的光源是高处的一扇窗户，透明的蓝色窗帘合拢着，使得整个屋子都泛着蓝色。房间里空空荡荡的，除了一个衣柜、一个梳妆台、一把椅子和角落里的一面老旧的穿衣镜，什么都没有。

就在那面镜子中，西奥妮看到了格拉斯·寇伯特的脸。

她倒吸了一口冷气，以为那个血割者正站在她的身后。她转过身，却什么人都没看到。

"看来我找到正确的位置了。"他在镜子中说道，声音带着轻微但明显的回声。

西奥妮又转身面对镜子，瞪大了双眼。每当她的心脏紧张地跳动一下，肋骨都会跟着颤动。

"你……"她一边说，一边扫视着房间。他并不在房间里，只有镜子里他的影像。她虚着眼睛，鼓足勇气往前进了一步。格拉斯透过镜子光滑的表面冲她狞笑着，他的左侧脸颊依然有她的爆炸咒留下的烧伤的痕迹。

冷静，她这么告诫自己。接着，她大声问道："你是怎么找到我的？"

格拉斯摊开双掌，手指上下晃动。"当然是靠魔法。"他说，"对于会使用它们的人来说，镜子就是眼睛。"

他举起了小餐馆中黛丽拉送给她的华丽的化妆镜。她逃离餐馆时，曾将皮包留在了那里，包括包中的镜子。他竟然是用这面镜子找到她的？

西奥妮没有说话。她将双手交叠在一起，藏在背后，不让他看出它们在抖。她直视着镜子，目光越过格拉斯，打量着他周围的环境。那里有一个老旧的没上漆的大衣柜，白色的百叶窗是拉起来的，却依然能看出窗外阳光灿烂，说明窗户是朝东的，角落里还有一张床。如果这是一间酒店的话，也不是什么很好的酒店。在西奥妮看不到的地方，一定还站着一位玻璃匠，因为只有玻璃魔法师才能借助格拉斯手上的镜子施展魔法找到她。

"你在哪儿？"她问道。

格拉斯笑了，转身走向床，他转身的时候，房间的门一闪而过，但西奥妮没看到门牌。他低声嘟囔着些什么，镜子里的影像颤动着。突然，他人变大了，西奥妮能看到他自大腿中部以上的整个身子。他关上手中的化妆镜，将其扔到了床上。

这房间看起来很小，西奥妮并没有见到第二个魔法师。不管那个玻璃匠躲在哪儿，在将影像转移到现在这面大点儿的镜子的过程中，格拉斯并没有向他求助。

"我们还没结束上次的谈话呢。"格拉斯说，他向后扯动嘴唇，露出狡猾的笑容，"你正要向我解释那个魔咒。"

西奥妮的心都快跳到嗓子眼儿了，脚也变得冰冷。难道格拉斯是……但是怎么做到的？一个魔法师只能选择一种材料。

她低声说道："是你。"

格拉斯挑起了一根眉毛。"你在说什么？"

"对于会使用它们的人来说，镜子就是眼睛。"西奥妮重复道，她的胃绞痛了起来，"你是……你不是血割者，而是个玻璃匠。"

格拉斯大声笑了起来，似乎声音只要再大一些就能将他的镜子震碎了。他说道："真机灵。把这当作我们两人之间的小秘密,怎么样? 很久之前,我做出了错误的选择。但我将要改正这个错误,西奥妮。事实上,我希望你施加在里拉身上的魔咒能为我打开一扇新窗户,原谅我用了个双关语。"

"通向哪里的窗户?"西奥妮问道,声音不由自主地尖锐了起来,"我绝不会帮你,让你成为血割者! 你到底是真的在乎里拉? 还是追求力量是你唯一的诉求?"

格拉斯沉下了脸,逼近镜子,口中呼出的热气使镜子蒙上了一层薄雾,"等这件事情结束了,我要做的头一件事情就是把那张叽叽喳喳的嘴从你脸上撕下来,折匠。里拉和我早就打算摆脱你们这些人,摆脱整个自以为是的魔法体制。但你们不会允许的,对不对? 不管你对她施了什么咒语,我都会解开的。而且,一旦我成了血割者,你就是第一只小白鼠。"

小白鼠? 西奥妮从镜子前退开一步,站到了屋子中央。"你是认真的。"她喘息着说,但指的并不是格拉斯对她的威胁,格拉斯真的打算割断他与玻璃的联系。但这种事情怎么可能发生! 一个人一旦与一种材料定下了契约,就无法反悔。宣誓时已经说得很明白了!

"告诉我你对她做了什么!"格拉斯吼道,用粗壮的手指抓住了镜子的边缘,"告诉我你到底用了什么奇怪的魔法,用了什么做介质!"

"就算我知道释放里拉的秘密,我宁愿让你活剥了我,也绝不会泄露秘密！"她大声喊道。

一声嘎吱声从西奥妮的右侧传来，把她惊了一跳。她看向那一侧，发现门廊处出现了艾默里的身影。但格拉斯似乎没有发觉。"我会让你违背这个誓言的。"他说道。

西奥妮想道，*我得让他继续说话。*可还没来得及开口提出下一个问题，她的镜子就开始波动起来，仿佛玻璃正在转换成一摊水。

水……人是可以穿过水的。

"西奥妮！"艾默里惊叫道。他一把扯开门，从长外衣里抽出一张折好的纸。不过西奥妮的动作更快，她抓起梳妆台旁的椅子，狠狠砸向镜子。镜子碎成了数百块，玻璃碎片洒落在地板上，不再波动，重新变得坚固。破碎的镜面倒映出天花板和西奥妮由于气息未平而上下耸动的肩膀。

格拉斯消失了。

艾默里握紧了手中的纸符，垂下了手，"做一个百叶匣子，快。"

西奥妮从他身旁冲过，来到客厅。她拉开桌子的抽屉，抽出四张纸，开始折起来。她的手指飞速地动作着，几乎感觉不到纸张的轻颤。在成为学徒两个月后，艾默里教会了她百叶匣子咒——一个简单的纸盒子，但盒壁能挡住所有的东西，包括光线。当时西奥妮觉得这个咒语毫无用处，但如果格拉斯仍然控制着这些镜子碎片的话，这咒语就很有用了，它能使格拉斯的咒语失效。

她做了四个盒子，然后冲回了衣帽室。

艾默里笔直地站着，察看着那些碎片。西奥妮在他身旁蹲下，将碎片捡起来扔进盒子里。艾默里也蹲下来帮她。其中的一片在她的大拇指上划了一道很深的口子，她却并没有在意。收集完所有的碎片以后，他们盖上了盒盖，将盒子留在地毯上。

"七年。"西奥妮说，努力稳住呼吸，"会走七年霉运①，你知道的。"

艾默里吸了吸鼻子，"我相信在这种情况下，幸运女神会保佑你的。"

"你听到了多少？"

"够多了。"他轻轻地咳了一下，然后说，"格拉斯·寇伯特……是个玻璃匠。这下，很多事情就清楚了。太奇怪了。休斯肯定会想知道的。"他的声音听起来有些嘶哑。

"他会找到我们吗？"西奥妮问道，盯着那些盒子。她用手指摸索着盒子的四角，确认自己折叠得精准无误。

"不会。"艾默里说道，接着又咳了起来，"如果我对借镜跃迁的了解正确的话，按理说他是不可能知道我们在哪儿的。但愿如此吧。"

西奥妮直视着纸魔法师，终于注意到他眼里的血丝和有些水肿的下巴。他又吸了吸鼻子，但没什么空气被他吸进去。

"天哪，艾默里！"她喊道，直起身来，"你怎么了？"

---

① 有一种迷信的说法，如果打碎了一面镜子，将会走七年的霉运。

艾默里清了清嗓子，但这一举动又引起了一阵低咳。他恢复过来后抱怨道："休斯太太是个绝对的猫奴；很不幸，直到我上门拜访，我才得知这一点。"

他捂着嘴，又一阵咳嗽。这时，西奥妮看到了他手上起的疹子。

西奥妮将手放到心口上，"魔法师阿维斯基说你过敏，原来不是开玩笑的。天呐，艾默里，你看起来很不好。"

"真是多谢你的关心。"他喘着气说道。

西奥妮啧啧了两声，拉着他的袖子将他带到了客厅，几乎是将他推到了沙发上，命令他躺下。在明亮的光线下，他的情况看起来更不妙：脖子上起了粉红色的疹子，眼球上布满了红血丝。

"西奥妮。"他边说边咳嗽，"我们还有更重要的事情要做。"

西奥妮展开叠好的毛毯，说道："我会做的。楼下有电报机，我会把消息传出去。格拉斯哪儿也不会去，你也哪儿都不准去。我弟弟对苜蓿过敏，每当他过敏的时候，我们都把他当作感冒患者对待。而且，他的状况还没你严重。"

艾默里以一阵剧烈的咳嗽声回答了她。

西奥妮皱着眉，将毯子盖在他身上，又让他把外套脱了。毫无疑问，外套上沾满了猫毛。她迅速转身走进厨房，倒了两杯水。她将桌旁的椅子拉到沙发边上，把两杯水放在椅子上。

"把这两杯水都喝了，这能帮助你缓解过敏。"她指挥道。

"我完全能够——"艾默里刚开口，一阵令人难受的湿咳就打断了他的话。他终于放弃了，伸手拿起第一杯水，大口大口地喝了下去。

西奥妮又转身回到厨房，打开电炉烧水——家里没有鸡，不过她可以为艾默里做点儿蔬菜浓汤，这东西反正没什么坏处。她瞥了眼客厅，艾默里正在喝第二杯水。他的脖子看起来肿得更厉害了。

西奥妮觉得自己浑身的血液像是被抽干了似的，紧张无比。"我需要叫辆救护车吗？"她问道，"你以前去过医院吗？"

艾默里摇摇头，"只在我小……"他又是一阵咳嗽，抽了抽鼻子，"……小时候去过。会好的。"

西奥妮咬咬嘴唇，又转身回到厨房。她找遍了所有的抽屉，大部分都是空的，好不容易找到了一张厚洗碗帕。她将帕子浸在冷水中，然后返回客厅，将沙发垫垫在艾默里的头下，再把冰凉的帕子敷在他的脖子上，希望这样能帮他消肿。接着，她来到桌子边，开始折叠、剪裁雪花——这是她在做学徒的第一周学到的课程。

她下达了"变凉"指令，雪花被赋予了魔法。但她并没有让它们从天而降，而是把雪花垫在湿帕子中，使帕子保持凉爽。然后她又开始编织纸绷带——这是她唯一能想到的，可以用来对付疹子的东西。

她成为学徒之后的第二个月，学会了制作绷带。那次，极其偶然的，她在厕所中撞见了正站在水池前埋头理发的艾默里。她尴尬地发现厕所中已经有人了，而且还是个上半身没穿衣服的人，惊讶之下，她一边一个劲儿地道歉，一边飞快地带上门，却忘记将放在门框上的手指移开，结果差点儿把自己右手中指给夹断。事后，为了帮助她手指愈合得更快，艾默里制作了这样一条绷带。

她折好绷带，将其绕在艾默里的手上，然后在绷带的末端打了个结，绑好。接着，来不及等电梯，她飞快地沿着螺旋形的楼梯跑下楼，将艾默里的抗议声抛在了背后。她跑到狭长的、用橄榄色和棕色瓷砖装饰的大厅，奔过一个陶瓷大壶和一面高大的镜子，来到了前台。西奥妮提出了使用电报机的请求，确认了前台的女人没有看她之后，她给魔法师阿维斯基发了电报。她不知道怎样才能联系到魔法师休斯。

格拉斯通过镜子找到了我，他是一个玻璃匠，转告休斯，让他联络我们

这条消息会引起更多的疑问，而不是带去答案。但西奥妮认为魔法师阿维斯基会在傍晚来公寓一趟，这样她就能当面向她描述状况了。

西奥妮乘坐电梯上了楼，接着开始准备蔬菜浓汤。做汤花了她近一个小时，其中有一半的时间艾默里都在咳嗽和吸鼻涕。在西奥妮将热气腾腾的汤碗端到他身边的时候，他的猫科动物过敏症总算消停了些。

她将汤放在椅子上，自己坐在了淡紫色沙发的边缘，伸出手摸了摸艾默里的前额。

"还好没发烧。"她说，"至少我是这么觉得的。我还是别用我妈教我的那种方式来量你的体温了。"

艾默里笑起来，他布满红血丝的眼中闪着欢快的光芒。

"你没去摸那些猫，对吧？"她问道。

艾默里清两次嗓子，才说："对天发誓，绝对没有。起初，我以为自己只是得了感冒。但在出门的时候，我发现了其中的一只猫，那时我就知道自己死定了。"

"她养了几只？"

"四只。"

"我觉得一个人养两只猫都够多了。"西奥妮叹了口气，指了指汤碗，"等你想喝了，再把这个喝掉。不过别晾太久。我再去给你拿点儿水。"

她又去厨房接了两杯水，将水杯放在了汤碗的旁边。

她重新坐回沙发边缘，挨着艾默里。他一直看着她，隔了一会儿，他问道："西奥妮，为什么为我做这些？"

她耳根烧了起来。她俯下身子，搅动蔬菜浓汤。"别这么问。"她轻声回答，眼睛盯着小块的萝卜和土豆在汤里旋转。她连着做了两次深呼吸，等着耳朵上的红霞褪去。当她确定自己不再脸红的时候，开口道："你知道为什么的。"

"西奥妮……"艾默里的声音低了下去，不知道以她的名字开头后，自己该说些什么。西奥妮继续搅动着浓汤，这让她可以将自己的注意力从艾默里身上转移开来。

在艾默里再次开口之前，整整一分钟，两人都没有出声。

他先叹了口气，然后说："你是我的学徒。我不认为……不认为我需要提醒你这一点。"

"但并没有规定说师徒之间不许，至少没有记录在册的。我查过了。"西奥妮反驳道。她皮肤上再次浮现的红晕却出卖了她。

艾默里挠了挠湿帕子下的脖子。他犹豫了一会儿，或许是在谨慎地措辞，"并不是所有规矩都写下来了的。"

"但你又不是个守规矩的人。"

西奥妮被自己的大胆吓了一跳，她不敢朝纸魔法师的方向看，心里掂量着他到底会作何反应。周围的空气仿佛变得稠密了，就像被搅动的蔬菜浓汤一样，绕着她旋转起来，但并没有像汤那样冷却下来，而是越变越热。

她想道，我是他的学徒。就像还需要他来提醒她似的！他怎么可以问她为什么要做这些？在他的第四心室中，她早已承认了自己对他的感觉。

她闭上了眼睛，将一只手的手背压在脸颊上，给滚烫的脸颊降降温。她停止了搅动菜汤。想道，好吧，如果他只想要一个学徒，那我就只做一个学徒。

也许，期待这么多，本就是她自己傻。

她将汤碗递给他，"那个收缩锁链，我才完成三节链环。"她说，"等你好些了，我想让你看看。如果做错了，我不至于在错误的锁链上花太多时间。我还有些东西要读。一个小时后，我再来看看你的情况。"

西奥妮站起身来，整了整短裙，平静地回到了她的房间，关上门，开始读折纸课本。在房间里，不管她的皮肤红得多么醒目、多么夸张，也只有她自己知道。

这周第三次，她完美地保持了冷静。当她读完课本的时候，书页上只有两滴泪水。

第八章

　　议会大厦的一处偏厅里，西奥妮坐在红色天鹅绒的椅子上，头上高悬着一盏三层的枝形吊灯，灯上无规则地点缀着雨滴形状的水晶。偏厅的角落里，有一尊去世多年的政治家的雕像面朝她放着，仿佛正看着她。雕像两侧是两处凹进去的赤褐色壁龛，壁龛中放着两个陶瓷大花瓶，其中插着来自异国的蕨类植物。早晨已经过去了大半，但阳光还是从高大的拱形窗户——由一扇扇小小的拱形窗户组成——中透了进来。天空中只有些条状的、稀薄的云彩，阳光无比耀眼。一位曾经的国王的画像挂在窗户对面的墙上，画像大约有十二英尺高，看起来像是爱德华七世。天花板上，串成线的金色叶子纵横交错。这也许是西奥妮一生中见过的最奢华的等候室，但它也只是个等候室而已。

刑侦局邀请了艾默里和魔法师阿维斯基参加会议。但她身后紧闭的大门说明她不在邀请之列。她皱起眉头，被排除在外的不爽隐隐作祟。她同血割者有直接的接触，甚至还成了这些可怕的人的游戏目标，却无权列席有可能决定内阁行动计划的讨论会！她永远都弄不明白内阁的行为方式，也无法原谅艾默里，他都不为她争取一下。

一定是因为不信任我，她想。

她不屑地瞟了一眼身旁桌子上的一摞没读过的教科书，那是艾默里让她读的——《从纸浆到纸：成就大师之路》《高阶几何》以及《寒冷北方的哺乳动物》。她觉得这些书都是小儿科。她哼了一声，还好自己从前台拿了一本《铁路杂志》。里面有篇叫作《熔铁垫板使你的旅途更加平顺与快捷》的文章看起来还比较有意思。她想知道作者真的会在文章中泄露新的魔咒用法吗？

作为另一个被排除在会议之外的伙伴，黛丽拉在那尊政治家雕塑面前走来走去。她的手负在身后，饶有兴趣地读着简介牌，黄色裙裾在小腿处上下起伏。今天，她将自己的短发别在了耳后，涂了唇膏。和总是花枝招展的黛丽拉比起来，西奥妮觉得自己特别寡淡，这让她更加沮丧了。

黛丽拉说："等待也不总是那么无趣嘛。"

从关着的门后面传来了一阵吼声，听不清楚具体的内容，但听声音像是魔法师休斯。

"看到没？"黛丽拉似笑非笑地说道。

西奥妮叹了口气，向黛丽拉指了指自己旁边的椅子，示意她坐下，"不，我不这么认为。格拉斯昨天才跟我说过话，黛丽拉。我应该在里面才是。如果魔法师塞恩没有刚好听到我们谈话的所有内容，我也许就能参加会议了。"

黛丽拉的黑眼睛中流露出困惑的神色。看起来魔法师阿维斯基并没有告诉她发生在公寓二十层的事情。

昨天下午，魔法师阿维斯基和魔法师休斯一起来到了公寓。阿维斯基看起来从未有过地低落。她保证道，通过镜子的交流并不能让格拉斯得知公寓的确切位置，但他可以知道他们身处伦敦。可艾默里最终决定不再搬家。

他们费了好大劲儿才使休斯相信了格拉斯其实是个玻璃匠。西奥妮觉得这位皮匠的自尊受到了深深的打击。他肯定认为，如果有人能发现格拉斯的秘密，那也应该是他这位刑侦局的一把手才是。

西奥妮向前倾着身子，悄悄地将所有的事情告诉了黛丽拉，除了事情发生后自己和艾默里那场尴尬的谈话。直到今天，她想起那场谈话，仍然觉得头晕目眩。她告诉了黛丽拉自己听到的敲击声，格拉斯说的话——逐字逐句照实转述，镜子泛起的波纹，还有百叶匣子。

"他绝对不可能找到我，对不对？"

黛丽拉脸色苍白，但还是点了点头，"你可以通过镜子联络到一个人，但不能在地图上定位他。格拉斯不知道镜子所在的具体位置，但他知道镜子的签名，所以可以联络到你。而且我觉得现在既然镜子都碎了，你挺安全的。"

"签名？"西奥妮重复道。

黛丽拉点头，然后搓了搓手臂上的鸡皮疙瘩，"就像每个人都拥有自己的名字一样，每面镜子也有自己的身份标识。改换标识，就可以随意地借镜跃迁。我花了三个月的时间才学会这个，我不知道该怎么才能一口气跟你说明白。但是，知道镜子的位置会有很大帮助，如果拥有一面你想找到的人的镜子，帮助也同样大。如果格拉斯已经知道了要在伦敦市里寻找，再加上那面化妆镜……哦，西奥妮，太可怕了。就像是一个恐怖的床头故事变成了现实！我一点都不想陷入你那样的情况。"

"还有过更糟的情况呢。"西奥妮说道。从目前发生的事情来看，这么说是站得住脚的。西奥妮已经渐渐搞清楚，格拉斯和里拉是完全不同的。而且，面对一个玻璃匠和一个血割者总比面对两个血割者要好一些。西奥妮想，自己是不是终于挖掘到事件的深处了。

"他是一个玻璃匠。"西奥妮说，"那个房间里除了他就没别人。要干坏事，不一定非得会邪恶的魔法。"

"幸好，在他通过玻璃前，你打碎了镜子。"黛丽拉回答说。

"这是怎么做到的？"西奥妮突然从她的椅子里往前蹭了一下，

问道，"一个人怎么能通过镜子到达另一个地方？"

黛丽拉皱了皱眉头，又在自己的大皮包中翻找了一阵儿，拿出了自己的化妆镜，还有一面和西奥妮手掌差不多长的长方形小镜子。西奥妮听见她的口袋中玻璃叮当碰撞的声音，暗自好奇这位玻璃匠学徒到底随身带了多少玻璃。虽然纸有它自己的缺陷，但至少携带起来很方便。

她将长方形镜子递给西奥妮，"我对这面镜子已经很熟悉了，所以施展起魔法来很容易。"她一边说，一边打开了自己的化妆镜，接着命令道，"搜索，四分之三。"

"这就是它的签名？"西奥妮看着镜子喃喃道。她在镜中的倒影开始模糊起来，最终镜面上显示出了黛丽拉的脸。西奥妮抬起眼来，发现自己的脸显现在了黛丽拉的镜子中。

两面镜子映出的是对方的影像。

"为了方便，我重新命名了它。"黛丽拉说，"不然，还得多花些精力。"

西奥妮虽然不是很明白，但还是点了点头。玻璃魔法似乎和折纸很不一样。

又传来一阵突然拔高的声音，回荡在紧闭的大门后。不过西奥妮没怎么注意。

"就是这样。"黛丽拉说，她的声音听起来既在身旁，又是从西奥妮手中的小镜子中传来的。"转移位置会更困难一些。"她一边解释，一边用右手食指的指尖沿着化妆镜顺时针转动,接着逆时针转动一圈,再顺时针转动。她下达了指令:"转移,穿越。"

两面镜子开始波动起来,跟昨天衣帽室里的那面镜子一模一样。黛丽拉将食指戳进自己的那面镜子的镜面中,然后从西奥妮手上的镜面穿了出来,就像食指被截断了似的。黛丽拉摆了摆手指,西奥妮笑了。

"如果镜子不完整了,魔咒也就不起效了。"黛丽拉抽回了自己的手指,说道,"停止。"镜子恢复到了最初的状态,"如果想要冒险穿过不完整的镜子,就很有可能会被困在其中。擦痕、碎片甚至是小小的气泡都会成为你穿越途中的巨石和套索。阿维斯基只让我穿越被施了咒的镜子,以防发生意外。"

"听起来她可是位严谨的老师。"西奥妮说,然后将长方形镜子还了回去。

黛丽拉将两面镜子装回包中,"她的确是,不过这可对我有好处。我这个人就是应该在生活中多有些条理。"她笑道,"我想今年年末去试试能不能通过魔法师资格考试。如果从现在开始,我再刻苦点儿,应该能通过的。"

"我想你能的。"西奥妮说。

黛丽拉点点头,然后陷入了一阵古怪的沉默。周围太安静了,西奥妮甚至可以听到紧闭的大门后面压抑的争论声。她想知道魔法师们到底在讨论当下情况的哪一个方面。

过了很久，黛丽拉才说："他们打算集中精力搜捕萨拉杰，而不是格拉斯。今天早晨我从魔法师阿维斯基的镜子中偷听到的。我想她不是在跟魔法师休斯说话，就是在跟休斯的助理说话。或许是魔法师坎特雷尔。"

西奥妮愁眉紧锁，"但是格拉斯才是他们那个团伙的首领！他才是——"

"他们是群可怕的人，西奥妮。"黛丽拉打断了她的话，声音小得近乎耳语。她瞥了一眼紧闭的门，然后向前倾身说道："你发生车祸以后，我在图书馆查阅了他们的资料。魔法师阿维斯基什么都不告诉我，所以我只好自己去查。只有些新闻报道……"

黛丽拉的身体轻颤了一下，"这些报道虽然不算面面俱到，但也足够说明问题了。全家人都被杀光，在血液里发现了奇怪的符号，而且……"她的脸色苍白，"西奥妮，萨拉杰甚至连婴儿都不放过。他袭击了一所孤儿院，杀死了二十三名孩子，但他——"她咽了口口水，"——只收割了其中的五个孩子。他杀死其他孩子，不过是为了活动活动筋骨。他就像一只残暴的动物。格拉斯名声在外——我也相信从某方面来说，他的确是他们的领导。可他不是血割者。我想……我想这就是为什么他们选择追捕萨拉杰。不管魔法师阿维斯基今天早晨是在跟谁说话，那个人都觉得他才是造纸厂爆炸和小汽车事故的肇事者。如果放着他不管，对公共安全会造成很大的威胁。那个人还说格拉斯还算是'可控的'。"

西奥妮的心重重地跳了一下，耳鼓膜似乎被重击了一次。有那么一瞬间，她听不到任何声音。那么多的人命，那么可怕。她想起了那个小汽车司机，多么无辜的陌生人。那天晚上，这个男人——这个萨拉杰·培伦提——轻而易举地就杀了他。萨拉杰或许跟踪过所有的小汽车司机，和每个人都接触过一次，以确保那天夜里，他的咒语能准确击中目标。

她浑身冰冷地靠回了椅子。他监视了农舍多长时间，才能恰好把西奥妮和艾默里拦在半道上？由于她和里拉的纠葛，有多少人会被伤害——或是杀害？

造纸厂爆炸的伤亡名单又浮现在了她的脑海里，她努力回想上面的每一个名字。如果她没有和里拉发生纠葛——没有冻住她，格拉斯和萨拉杰就不会来伦敦，也不会来达特福德。而这些人现在都会好好活着。虽然并不是西奥妮安置的炸药，不是她杀害的小汽车司机，但那些惨死的亡魂都沉甸甸地压在她的肩头。她是这两个杀人犯潜入英格兰的理由。

她的目光穿过了关着的门。艾默里也许会在那起汽车事故中丧生，或许会在造纸厂的爆炸中受伤。如果他回到公寓，或是格拉斯联络她的时间不一样，他们现在是否还好好活着都不一定。

这是她的错。她痛恨事情变成现在这样。

黛丽拉望向窗外，西奥妮用手指敲击着天鹅绒椅子的扶手，两位学徒就这么无言地坐了好一阵子。西奥妮仔细思索着和格拉斯的两次谈话, 以及和里拉之间发生的一切: 从在艾默里的厨房中, 这位血割者差点儿摔碎她的背开始, 一直到她读出手中满是鲜血的纸上决定命运的文字 "里拉冻住" 为止。

现在, 里拉的样子跟偏厅对面的角落里盯着西奥妮的那尊政治家雕塑差不多, 没什么生气。是西奥妮使她成为那样的。虽然是阴差阳错, 但毕竟是她做的。或许是因为艾默里有麻烦了, 或许是因为他不该死, 也或许是因为她的某一部分和艾默里一见钟情。但不管出于什么原因, 她都做了那样的事, 而且是一个人做的。

凉意爬上了西奥妮的双臂, "我有责任去修正这一切。" 她喃喃自语道。

黛丽拉将望向窗外的目光收了回来, "什么?"

"是我的错, 我的责任。" 西奥妮嘟囔道, 将双臂从扶手上撤了回来, 双手覆在大腿上, "我打败了里拉, 所以应付萨拉杰和格拉斯的人也该是我才对。"

她曾面对过一个血割者, 而且战胜了她, 不是吗? 为什么她不能再做一次呢?

黛丽拉惊叫了一声, 听起来像是打了一个奇怪的嗝。她伸出一只手盖住嘴, 瞪大了眼睛, 重新将手放回腿上, "不, 西奥妮。你别是认真的吧?"

"恐怕, 我并不是在开玩笑。" 她回答道。她的手指在颤抖, 但还是握紧了拳头, 然后深吸了一口气, "我对萨拉杰了解不多, 但应该能够联系上格拉斯，将他引出来。毕竟，他只是一个玻璃匠罢了。我还需要你的帮助，黛丽拉。你能追踪到他用来联系我的镜子吗？"

黛丽拉的表情暗了下去，脸变得毫无血色，"我……我连从哪儿开始都不知道！我只不过是个学徒——"

"从我衣帽室的镜子开始。"西奥妮飞快地回答道，"镜子的碎片还留着。你能通过那些追踪到他么？"

黛丽拉张口想要回答，随即又闭上了嘴。她看了一眼刑侦局紧闭的门。

终于，她结结巴巴地开口说道："我想应该可以，但我们得先找辆车到那儿去——"

"如果我们用镜子转移位置的话就不用。"西奥妮说道，渐渐地鼓起了勇气。她不能坐以待毙，她得反抗。她得阻止他，不能让格拉斯因为她而杀死更多的人。"议会大厦里肯定不会安装有裂纹的镜子，在女洗手间里就有一面镜子。我们可以借助它转移到我公寓的大厅里。"

"但是魔法师阿维斯基——"

"如果出了问题，我们改变计划就好了。"西奥妮说着，猛地靠上前去，握住了黛丽拉的手，"你可以站在镜子照得到的范围外，这样格拉斯就只看得见我，看不到你。而我只需要和他说话就可以了。他想要和我谈里拉的事情，还记得吗？那么，我就让他觉得我准备好和他谈判了。如果我们用公寓中的镜子碎片和他联络，他就无法穿越镜子了。"

"黛丽拉，你明白吗？"她问道，"我必须在其他人受到伤害之前，收拾好这个烂摊子。我能做到的，我知道我能。但我们必须趁着还有时间，马上离开。"

"你打算跟他说些什么？"

"我想这得看他跟我说些什么了。"她坦白道，"我想知道他的计划。我会有选择地说，希望能诱导他泄露自己的弱点，找到击败他的方法。"

黛丽拉咬了咬嘴唇，点点头，"你听起来就像是一位真正的魔法师。我答应你，但我们得速战速决。"

西奥妮从椅子上跳了起来，挽住黛丽拉的胳膊，拉着她去了洗手间。

她匆匆跑出偏厅，心想，现在，这是我的战争了，是我赎罪的机会。是时候结束掉这一切了，彻底地结束。

第九章

　　洗手间是由两个房间组成的，和偏厅一样精致高雅。入口的房间是一间休息室。休息室采光很好，有一扇配有栗色窗帘的磨砂玻璃窗，还有一盏通电的白水晶枝形吊灯。墙上覆盖着黄花九轮草图样的墙纸，而在墙面、天花板和地板的交界处，有一条狭窄的棕色边界。玻璃梳妆台立在房间的一角，配了一条红木长凳和一面圆形的小镜子。另一个狭窄的梳妆台则靠西墙放着，两侧分别放着一把带衬垫的椅子。梳妆台之上，是一面装饰着金色边框的巨大长方形镜子。房间的一侧装点着富有异域情调的蕨类植物。另一间屋子里则是些普通的小隔间。

　　西奥妮走向那面大镜子，仔细地检查了镜面，不放过任何瑕疵。

然而她私心里却希望真能找出什么问题。黛丽拉咬着指甲，看起来比在偏厅里时更加心烦意乱。

西奥妮转身面向她，"这个能行吗？"

黛丽拉凑近镜子，迅速地研究了一下，"是的，能行。但是……"她没把话说完，走上前去，用指甲敲击镜子，由中间到边缘。

"求你了，黛丽拉。"西奥妮哀求道，"你能找到我住的那栋公寓楼大厅中的那面镜子吗？"

黛丽拉点点头，"或许，我也能表现得像个真正的魔法师。"她将手放在镜子上，闭上了眼睛，说道，"搜索。"镜子在她的触摸下变得模糊，镜中飞快地闪现不同的影像。西奥妮只能猜想，这些都是城里其他镜子所倒映的景象。她看到了一匹落满灰尘的白布，一间凌乱的阁楼，两个女孩坐在漆成粉色的房间中喝下午茶。她还看到了一个男人惊愕的脸，一个女人正竭尽全力地将裙子背后的拉链拉上，最终，她看到了自己公寓楼大厅里的楼梯。

"那儿，就是那儿！"西奥妮喊道。黛丽拉将手从镜子上放了下来，向后退开一步，再看向镜子。

西奥妮认出了那打过蜡的胡桃木楼梯和那张放着电话机和电报机的矮桌子。在镜中影像的边缘处，能看到一条走廊，那里通往房东的房间。镜子被挂在接待处桌子旁边的墙上，如果西奥妮将头伸出镜子，朝左边看，她就能看到公寓楼的大门。

"他们能看见我们吗？"西奥妮问道。

"任何走过这面镜子的人都能看到我们。"黛丽拉深吸了一口气，说道，"好了，来吧。动作快一些，免得被逮到。"

黛丽拉拉过一张带衬垫的椅子，站了上去。她伸出食指，沿着镜子金色边框的内侧顺时针转动一圈、逆时针转动一圈，再顺时针转动一圈，命令道："转移，穿越。"

大厅的影像颤动起来，然后消失了。洗手间的镜子开始波动。

"希望那边的镜子足够大。"黛丽拉说道。

"肯定够。"西奥妮承诺。

黛丽拉抓住了西奥妮的手，又深吸了一口气，屏住了呼吸。她踏上了梳妆台，把西奥妮拉上椅子，她俩的双手仍然紧紧握着——然后慢慢地滑入了银白色的镜面。

西奥妮将朋友的手抓得更紧了，刚挤进镜子时，一阵凉意袭上她的手、手臂和肩膀，惹得她倒抽了一口凉气。当她的整个身体都没入镜子时，她闭上了眼睛，就像是被浸湿了似的，但这种感觉稍纵即逝。她猛地从公寓大厅的镜框中穿了出来，脚下一个踉跄，还好黛丽拉扶住了她。周围的光线带上了一种橘黄的色调。

西奥妮睁开眼睛，惊讶地张大了嘴，她真的站在公寓的大厅里！

西奥妮转身面向镜子，波动的镜面迅速恢复了正常，映出她和黛丽拉的影像，而不是议会大厦洗手间的。

西奥妮尖叫了一声，给了黛丽拉一个拥抱。

"太神奇了！"她很快放开了黛丽拉，说道，"没想到你真的做到了！黛丽拉，你真是一位杰出的玻璃匠！"

黛丽拉微笑道："准确地说，现在我还不是一个玻璃匠。"

西奥妮抓起黛丽拉的手，拉着她绕过楼梯口，上了电梯。直接无视了旁边目瞪口呆的男人，显然，那人看到她们从镜子中穿过来，就像是穿过一扇门一样简单。电梯关上了门，随着电梯逐步升上二十楼，刚刚借镜跃迁的兴奋逐渐退去，焦虑在心里渐渐泛起。

格拉斯。

西奥妮找出钥匙，打开她和艾默里临时住所的门，她的手指轻微地颤抖。屋里的情况跟早晨离开时一模一样。"茴香"从沙发上满怀期待地抬起头来，像是刚刚正在打盹。

"安静点儿，乖孩子。"西奥妮的声音几近耳语。她将黛丽拉拽进房间，关上了门，领着她向衣帽室走去。

衣帽室仍然保持着西奥妮将玻璃碎片装进了四个百叶匣子后的样子。她留着门，跪在第一个百叶匣子旁，轻手轻脚地打开盖子。

"这些碎片都太小了，不足以让人穿越，对吧？"她说。

黛丽拉点点头，"是的，他不可能穿过来了。至少不能通过这样的镜子穿越过来。"

西奥妮点头。打开了百叶匣子的盖子，小心翼翼地拿出一块只比她的手掌大一点点的镜子碎片。碎片呈长三角形，其中的一个角是残缺的，边缘很锋利。她关上了匣子，将碎片递给黛丽拉。

黛丽拉将碎片翻转过来放在自己的手掌上，然后再放到地板上，"我会施咒。但是我不想让他看到我，西奥妮。"

"其实他已经见过了。在小饭馆里。"

黛丽拉颤抖了一下，"好吧，那我不想让他再次看到我。"

西奥妮点头。黛丽拉将手指放在玻璃上，随即迅速地退开身子，以免镜子的碎片倒映出自己的脸。西奥妮则站了过去，俯视着碎片，凝视着自己的倒影。光线透过房间的窗户照进来，幽幽的倒影披上了一层蓝色。

"倒映，过去。"黛丽拉下达了指令，西奥妮的倒影消失了，取而代之的是衣帽室的全景。

西奥妮舔了舔嘴唇，"碎片可以显示这间屋子里过去的情况吗？"

黛丽拉点了点头，轻声说："对于侦探工作来说，这招很有用。魔法师阿维斯基在转业到塔吉斯·普拉夫魔法学校前，曾效力于警察局。"

"真的吗？"

黛丽拉又点点头，然后将注意力集中到三角形碎片上去了，"搜索，西奥妮的小镜子。"她悄悄对西奥妮说，"我命名了你的化妆镜，方便我们远程聊天。"

西奥妮笑着说："真贴心。"

"倒退。"黛丽拉对着镜子命令道，声音小得跟老鼠差不多。

镜中的影像改变了。西奥妮能在其中看到床脚，还有一个衣柜——正是格拉斯之前待的那间房。她的化妆镜一定被放在床褥的中间。她听到房间里有响动，但是却看不到。她弯下身子靠近镜子，想听得清楚些。

"停住。"黛丽拉悄声说。

"——不要总是跟着我！"格拉斯压低声音道。西奥妮一瞬间就认出了他的声音。

一个如同巧克力般丝滑，但却带着奇怪口音的声音回答道："我们在英格兰待多久了？"但她并没有认出这个吞掉了大部分的元音和一半辅音的人是谁。这人说话的声音比格拉斯还小，而且显得更为老成。西奥妮不得不将耳朵紧贴镜面，但如同打鼓一样的心跳声反而干扰了她的偷听。"我们在三个月前就应该乘上前往直布罗陀的船的。这还是你计划的，还记得吗？"

"我忙着跟某只野狗说话，没有闲心像你那样频繁地回顾自己，萨拉杰。"

西奥妮僵了一僵，看了一眼黛丽拉。黛丽拉双目圆睁，隔了一会儿才眨了眨眼，但翻出的眼白居多，显然是受到了惊吓。

西奥妮在惊惧之下怔了半晌，没有听清萨拉杰回答的前半部分。"——现在已经失去兴趣了。你曾经向我保证这是个有趣的游戏，但现在我却找不到半点儿刺激。"他顿了顿，"就让那只小鸟溜走吧。我们出海，听说非洲人的血会使人兴奋。"

她似乎能感觉到这位血割者在笑，这让她毛骨悚然。

"我可不想让她死！"格拉斯吼道。西奥妮不禁后退了一步，黛丽拉则几乎将镜子摔了下去。"至少不是现在，我们还要——"

"给你自己找点儿新鲜猎物吧。"萨拉杰用一种邪恶的语气回答道，"你干你的，我——"

"嘘。"格拉斯突然打断。

萨拉杰打住了，过了一会儿，镜中的影像变化了。镜子的位置上移，照出了衣柜的上端和房门的铰链。格拉斯拿起了它。

西奥妮对着镜子高声喊话，希望这样能让格拉斯觉得她才刚刚连通镜子，"格拉斯！你在吗？"她叫道，"我已经学会了你的魔法，让我们聊聊。"

不出她所料，他咯咯地笑了。她四肢上的汗毛倒竖起来。镜子继续上升，光线变暗，露出了格拉斯的脸。他脸上的烧伤已经痊愈了，是萨拉杰治好的吗？

黛丽拉又退远了一步，但继续拿着镜子。格拉斯的影像将整个房间连同萨拉杰全挡住了。

"溜走的小鸟又飞回来了。"格拉斯一边说，一边左右扫视，似乎是想要越过西奥妮看清周围的景象，"哪个玻璃匠在帮你，嗯？真是个勇敢的人。"

"不关你的事。"西奥妮厉声说，想用拔高的声调掩盖住声音的颤抖，"我已经准备好谈判了。"

格拉斯又笑了。西奥妮努力让自己的表情显得镇定，却还是忍不住抿了抿嘴唇。她知道同一个杀手谈判是毫无意义的——她还没那么傻。但是，如果他也觉得她幼稚的话，对她很有利。天真幼稚似乎是西奥妮手上的王牌，她知道该怎么诈牌。

"我必须得承认我本来没指望你能合作。"格拉斯阴沉地说道。

"你让萨拉杰·培伦提离开，我才合作。"西奥妮说，"这是你我的事情。"

格拉斯皱起眉头，额头上青筋暴起。然后西奥妮听到他身后响起了一声关门声。血割者已经离开了吗？

"那人是个蠢货。"格拉斯咧着嘴，露出尖利的犬牙。然而额上的青筋仍然抽动着，耳朵也变红了，"我会时时看着他的，小乖乖。你不用担心。我不想置你于死地，至少现在不想，我还没得到我需要的信息呢。"

黛丽拉低声啜泣起来。西奥妮用手示意她保持安静。

"那就好。我很高兴我们达成了一致。"她说。

格拉斯额上的青筋终于展开了，"我听着呢，说吧。"

"想我开口也没那么容易。"西奥妮说，"我想要一个保证，萨拉杰不得接近我们。事实上，他离得越远越好。"直布罗陀，非洲，随便他去哪儿，只要别在这儿。

"我们？"格拉斯重复道，"你和塞恩？"

"我们，是指每一个住在这里的人。"西奥妮尖声道，"思路还要再打开些,格拉斯。"

他咯咯笑起来,"好,我让萨拉杰离开。该你告诉我你的小秘密了。"

"我还想要你离开。"西奥妮接着说,"我会告诉你你想知道的,但我再也不想看见你,还有里拉。"*如果我能办到的话,最好是把你们都投进监狱里去。*

格拉斯犹豫了一会儿,最终说:"成交。"

西奥妮努力掩饰自己的惊讶。格拉斯听起来很真诚。如果西奥妮解冻了里拉,他和萨拉杰真的会离开吗?不,她甚至不需要解冻她,只需要告诉格拉斯她是怎样冻住里拉的就可以了。她并不觉得这一信息会被滥用,造成危害。至少,不会被一个玻璃匠滥用。

*你到底在想什么?*她狠狠地谴责自己。*你当然不能真的将信息泄露出去,你要做的就是让他一直探求这个秘密,然后在这一过程中等待他暴露弱点。*

听到现在,至少有一个小小的安慰,那就是萨拉杰无论如何都是要离开的。不过这个消息并不算太好,接下来,这个血割者又将伤害谁?

她反复思索着该如何讨价还价,就像是捏面团一样颠来倒去。她真的能使格拉斯卸下防备,让她有机可乘吗?

"后悔了?"格拉斯问道,"后悔已经晚了,亲爱的。要么你现在就开口,要么我让萨拉杰狠狠地收拾你,听到了吗?你在城里有个家吧？父母都在？或许还有个可爱的妹妹？”

西奥妮的心脏重重地撞击了一下，胸口冰凉。她咽了口唾沫，做了一个深呼吸，想要藏起她因恐惧而产生的紧张和慌乱，“里拉在……在哪里？”

“我可以带你到她那儿。”玻璃匠说。他从镜子前退开了几英寸，继续说：“告诉我你在哪儿？”

“不，我到那儿去见你。”西奥妮回复道。她回想了一下艾默里的日程——明天下午一点他还要和议会成员开一个会，她仍旧被排除在外。时机不错。

“明天午饭后一点半。”她说，“我可不想饿着肚子来和你见面。”

黛丽拉的眼睛都瞪直了。她试图用握着镜子的手做出些手势来劝阻西奥妮，但西奥妮无视了她。

格拉斯笑出了声，“往南走，城郊有一个废弃的谷仓。你沿着刽子手大街直走，到岔路口往西，有一条烂泥路，沿着路走下去。谷仓就在路旁，挨着几个小山包。你自己一个人来，如果我看到另一个人，哪怕是个司机，我也会找到那个和你一起在小餐馆吃饭的金发小妞，同她找找乐子。听明白了吗？”

黛丽拉脸白了白，不过还好没有终止魔咒。

西奥妮清了清嗓子，然后才开口说道：“就像玻璃匠的玻璃一样清楚明白。你也是一样。”

格拉斯又笑了，“一个折匠打算对我做什么呢，嗯？”

"我可不只是一个折匠，不记得了吗？"西奥妮诈了一句，然后给了黛丽拉一个清晰的结束手势。黛丽拉低声说："停止。"格拉斯的影像消失了，镜子映出了西奥妮的脸。

西奥妮迅速从地板上捡起镜子的碎片，扔进了百叶匣子。然后大口大口地喘息着，就像是刚刚爬了十层楼一样。

"你不能去！"黛丽拉高喊道，泪珠挂在她的睫毛上，"你绝对不能去见他！你得把这事儿告诉魔法师们！"

"然后让你受到伤害？或是让我的家人受伤？"西奥妮反驳道，"你以为他对萨拉杰的描述是开玩笑的？黛丽拉，我跟你说过，从现在开始，这是我的战争了。"她紧紧地将自己的双手握在一起，想要忽略那种有油滴在胃里的感觉，"我只是需要做好准备。"

黛丽拉点头，"准备，好吧。我们……我们能够做到的。"

西奥妮坐了下来，用手撑住自己，想了好一会儿，"我们需要比他更聪明，并制定一个遇到紧急情况时的备用方案。"她说，"但是如果我能够彻底解决他们，那是最好。我一定得做到。"

"你能设置一个陷阱吗？"黛丽拉问道，"用……用纸？"

西奥妮精神一振，"黛丽拉，你能带我去农舍吗？魔法师塞恩的房子？"

黛丽拉皱起了眉头，"你去那儿干什么？"

"去取一个大滑翔机。"西奥妮说，"还有一个纸娃娃。"

第十章

　　黛丽拉和西奥妮花了一个小时进行借镜跃迁,然后匆匆忙忙地赶回了议会大厦的偏厅,巡视走廊里戴着红色绑腿的步兵们向她们投去了几道怀疑的目光。当看到那扇紧闭的房门时,西奥妮大大地舒了一口气。魔法师休斯响亮的声音从门的那一侧传来。她坐进了红色的天鹅绒椅子,企图从眩晕中恢复过来。

　　黛丽拉快速地挪向另一张椅子,像只螃蟹似的侧着走,以便能紧盯房门。见房门仍然关着,她才安心地坐了下去。

　　西奥妮倾着身子,抓着黛丽拉的手腕,说:"答应我,你一个字都不会说出去。"

　　"可是——"

"一个字都别提！"她一边压低声音说道，一边回头看门。她刚刚好像听到了椅子抽动的声音，或者只不过是她想象出来的？这都不重要，反正他们一定不能知道她和黛丽拉刚刚做了些什么。

她深吸了一口气。如果自己不能表现得完全若无其事的话，艾默里肯定会起疑心。实在不行的话，她还可以假装成因为被排除在会议之外、很愤懑的样子。

西奥妮又将目光投向了黛丽拉，说道："答应我。"

黛丽拉妥协了，"我答应。"她嘟哝道，"哦，西奥妮，如果在普拉夫魔法学校的时候，我和你走得更近些，或许就通不过期末考试了！"她一字一顿地接着说，"现在我真觉得焦心。"

会议室右侧的门从里面打开了，一个人走了出来，但那人的注意力却仍在房间里。西奥妮只知道他是个聚酯纤维匠——也就是塑料魔法师。椭圆形的长桌周围是一些空着的椅子，魔法师和几个穿着制服的警官三三两两地聚在一起，低声讨论着。

西奥妮又向黛丽拉的方向移了移，耳语道："别忘了明天的事。"

黛丽拉用手掌搓着自己的双臂，"明天在哪儿？"

"洗手间。"西奥妮看了眼会议室，说道。聚在一起的人们开始散开了，朝门口走来，"洗手间的门能从里面反锁上。"

魔法师们走进了偏厅。西奥妮坐直身子，从黛丽拉面前移开，然后梳理了一下头发。她发现自己的辫子有些散乱了。一个一上午都坐在椅子里无所事事的人，是不会把发辫弄乱的。

艾默里会注意到吗？西奥妮忍不住去想艾默里到底有多在意她。那天在公寓客厅里的谈话依然困扰着她。

她注视着会议室的门，看着魔法师休斯踏入休息厅，然后跟一个她不认识的人谈话。魔法师坎特雷尔——那个在小汽车溺水事故后侦问艾默里的铁熔魔法师——跟在他身后。

当魔法师阿维斯基和艾默里走出会议室的时候，黛丽拉像弹簧一样从椅子上跳了起来，抓起自己的包，紧张得就像包是她偷来的。西奥妮没有任何反应，同时祈祷黛丽拉的反应别出卖了她们。

"对不起让你们等了那么久。"阿维斯基说道，看了一眼身后的休斯，"我们中的某些人太啰唆了。"

西奥妮假装打了个哈欠，用手捂住了嘴，"会议太长了，这些书又很无聊。我想我肯定没法知道你们背着我做了些什么决定，是吧？"

艾默里有些不悦——但这种情绪仅从他的眼中流露了出来。还没等他回答，阿维斯基就说道："完全正确，特维尔小姐。你知道得越少，就越安全。等到事情解决了，我保证你会了解整个过程的。"

艾默里拾起西奥妮的那堆书，将它们圈在手臂里，将另一只手放在西奥妮的肩上，"我们回去吧，还有课程要复习呢。"

阿维斯基清了清嗓子，西奥妮发现她的目光透过镜框，牢牢地锁定了艾默里的手，片刻后移到了艾默里的脸上。

"魔法师塞恩，如果你不介意的话，我想单独跟西奥妮谈谈。"她说，"就一会儿。"

西奥妮的心开始往下沉。她努力避开艾默里的眼光，害怕自己已经猜到了魔法师阿维斯基想同她讨论的话题。

黛丽拉看起来很是担忧。

"好的。"艾默里说，移开了自己的手，然后对西奥妮说，"我在外面等。"

"黛丽拉，你就在这里等吧。"阿维斯基等艾默里离开后说，"特维尔小姐，我们去那边。"

西奥妮的心又往下沉了些，快走两步跟上了阿维斯基。让人觉得讽刺的是，最后她们到了女洗手间，正是她和黛丽拉刚刚施展过魔法的地方。

西奥妮刻意不去看镜子。阿维斯基指了指凳子，刚巧是她们用来爬上梳妆台的那把。西奥妮什么也没说，坐了下去。

"当我指定你成为一名折匠的时候。"阿维斯基双手交叠在身后，来回走动着，然后开口说道，"我曾经教过你一个学徒的为人处世之道，还说过当你成为魔法师塞恩的学徒后，我们对你的期望。"

西奥妮点了点头，努力不让眉头皱起。

"但或许有些事情我忘记提了。"阿维斯基将圆框眼镜推回鼻梁上，继续道，"比如说不要对魔法师直呼其名。"

西奥妮脸红了，"我……我不是故意的，只是——"

"现在我将要告诉你的是，我很不喜欢看到魔法师和他的学徒性别不一致。"阿维斯基接着说,"如非必要,我绝不会这样搭配。但我们一共有十二位折匠,其中只有一位是女性,而她已经有了一名学徒。所以只能将你这样分配。"

西奥妮用手摸了摸脸颊,想要给它降降温,但这基本上是徒劳的。在所有关于艾默里的白日梦里,像这样难堪的情况从未发生过。

"我相信,你和魔法师塞恩对待彼此都过于亲密了。"阿维斯基继续往下说,短暂地瞥了西奥妮一眼,然后转头看向洗手间的一盆绿色植物,"所以这也不能全怪你,特维尔小姐。我在这里并不是为了苛责你,只是想警告并保护你。"

西奥妮往前坐了坐,"保护我?您到底觉得魔法师塞恩会做什么?"她的脸失了血色,"我的天,您跟他讲过这些吗?"

"没,还没有。"这位玻璃匠澄清道,"我希望先和你谈谈。"

西奥妮长舒了一口气,默默庆幸她至少躲开了那样的尴尬。

她缩进椅子里,垂眼看着地板。

"*西奥妮,为什么为我做这些?*"

"*你知道为什么的。*"

她艰难地咽了口唾沫,就像在面对一幅让人费解的涂满了颜料的画布。

阿维斯基说:"我觉得为了你好——同时也是为了魔法师塞恩,我该把你调走。"

西奥妮的心沉到了脚踝。

"我已经开始安排了。"阿维斯基继续说,"魔法师霍华德的学徒可能要在夏天结束时才能出师,不过为了增加折匠的数量,她已经同意招收第二位学徒了。我觉得你肯定会发现她非常和善,而且——"

"我不想被调走。"西奥妮打断了她的话,这时她的眉毛已经紧紧皱成了一团,"我之前就跟您说过了,我想继续跟着魔法师塞恩学习。"

阿维斯基皱起了眉头,"但就像我刚刚说的,你们俩对待彼此太过亲密了。我看到了一些你以为我不会注意的——"

"比如说?"西奥妮站起身来,脱口而出。

"作为学徒制度的管理者,"她继续说,"我决定将你调离,一旦最后敲定了安排,我会告诉——"

"我当然和他很亲密!"西奥妮拔高了声音,魔法师阿维斯基的话噎在了"告诉"两个字上,"我和他一起住!跟他学习折纸!还在他心脏中走了一圈儿,阿维斯基!你知道的!"

"是的。"阿维斯基生硬地说,"我记得。我还记得你俩对那段经历都含糊其辞,这加深了我的疑虑。"

西奥妮摇摇头,觉得口干舌燥,脉搏急速跳动,血液像是要被煮沸了似的,"这不重要,重要的是——"

"决定哪点重要、哪点不重要的人是我,特维尔小姐!"阿维斯基驳斥道。

"不!"她叫了起来,声音大得吓得阿维斯基都后退了一步,"你不明白那里到底是什么样儿的。你无法理解在那儿发生了什么!我了解他的心脏胜于了解我自己的,你知道吗?"

阿维斯基没有回答。

"我感觉我已经认识了他一辈子。"西奥妮接着道,不过声音小些了,"仿佛他一直都是我生活中的一部分。还有折纸……我热爱折纸,因为这是他教我的。因为他向我展示了简单的事物中蕴含的美。还有我的内在之美。"

"特维尔小姐——"

"我爱他。"西奥妮说,而阿维斯基的眼睛已经瞪得有水球那么大了。"就像我一直都那样爱着他,就像我给他的那颗纸心脏是我自己的心脏一样。"

她突地停了下来,意识到自己说得太多了。魔法师阿维斯基惊讶得说不出话来。

西奥妮挺直了身子,强迫自己镇静,说道:"我并没有违背任何规矩。每一条我都记得清清楚楚,如有需要,我可以逐字逐句地背给您听。我认为,除非我违反了规矩,否则您没有必要采取任何措施,尤其是像这样激烈的措施。我相信你我都能认同这点。"

阿维斯基抿紧了嘴唇。

"至于现在。"西奥妮尽可能地用正式的语气说,"我希望能够继续在魔法师塞恩手下学习。"

西奥妮走向门口，在开门之前，她说："如果我这样说能让您舒服些的话，我保证魔法师塞恩跟我的说法不一样。您可以放心，我对他的迷恋绝对是单方面的。"

西奥妮匆匆穿过走廊，觉得走廊里的温度比洗手间低了许多。她将双手覆在面颊上，然后是脖子，急切地想让肌肤冷却下来。她捏住衬衣前端，上下摇晃着透气。鞋跟踩在瓷砖上，嗒嗒作响。

她不停地眨着眼，免得泪水流出来。魔法师阿维斯基怎么能这样多管闲事！

她深吸了一口气，憋着气跑了好几步。

她还记得艾默里的手臂环上她肩膀时，她所感受到的重量；她也记得，在农舍旁骏黑的河水中颤抖时，他的唇贴在她的前额上带来的温暖。她想起他总是用一副高深莫测的表情隐匿起所有的情绪，想起他是怎样在沉思中度过一个个夜晚。在那些审慎的表情和难以捉摸的眼神中，他到底藏起了什么？

绝对是单方面的。事情真的如此吗？

她将这些想法从脑海中驱逐出去，咽下喉咙里憋的那口气。现在不是想这些少女心事的时候。

西奥妮转头看去，不见魔法师阿维斯基，但却捕捉到了黛丽拉的眼神。黛丽拉的脸皱成了一团，西奥妮知道自己看起来一定很糟糕。西奥妮点点头——只要格拉斯离开了，她们就是安全的——然后转头离开，她用双手扇着风，让自己冷静下来。

艾默里就等在议会大厦的东门外，站在一辆小汽车旁边，显然正在和司机聊天。当他看到西奥妮时，眼睛虚了虚。

司机快速地回到了驾驶座上。艾默里向前迎上她，问道："怎么了？"

西奥妮摇了摇头，从他的身旁走过。"没什么。"她说，"魔法师阿维斯基自说自话罢了。"

他的绿眼睛中的担忧并未退去——甚至更浓了。不过他并没有强迫西奥妮回答。他走到西奥妮身边，打开了车门，扶她坐进去。

回家的路，漫长而沉默。

第十一章

　　西奥妮撑在折纸课本的封面上，小心翼翼地对齐全点折叠后的边缘，再用指甲压实折痕。她拿起刚刚折好的三角形，展开，压平成一个正方形。这是她折的第四只纸鹤了，从以往的经验中，她总结出了一个教训：纸鹤永远不够多。

　　有人在敲她卧室的门。西奥妮瞥了一眼床下——确保自己的秘密藏好了，然后说："请进。"

　　艾默里打开了门，走了两步，进入了她的卧室。大约在一个月前，他第一次走入她的卧室。他看了看西奥妮手中折了一半的纸鹤，又看了看身旁已经折好的纸鹤、一些安全锁链的链环，还有其他散落在地板上的纸星星、纸蝙蝠以及波动咒。西奥妮没有刻意地把这些东西藏起来，她认为将这些光明正大地摆出来，反而会让人少些怀疑。

"你一直很忙。"他挠了挠自己的后脑勺，评论道，"我觉得我给你的闲暇时间太少了。"

西奥妮将纸翻转一面，再一次将纸展开成正方形。"我想第二年就参加魔法师资格考试。"她说，"如果想要通过，就要多加练习。"

艾默里微微一笑，眼中流露出了某种东西——乡愁，或是与之类似的什么。或许，是寂寞？

"就这么想走？"他问道。

西奥妮停下了折纸的动作，"不是因为那个——"

"我知道。"他说道，眼中的落寞消失了。他的眼睛可以隐藏内心所有的阴霾。

西奥妮最讨厌他那样做。

他又扫视了一遍房间，暗暗皱了皱眉，或许是因为西奥妮的作品放得太乱了。"等你拿到魔法师资格后，记得保持联络。"他说，"你要是花了两年还没通过考试，我会十分惊讶的。"

西奥妮将注意力放回了她的鸟。**你这么说，是出于礼貌，还是真心希望？**她想知道。

艾默里走回客厅，轻轻地带上了西奥妮的房门。西奥妮又折了两只鸡，然后从床下找出剪刀和纸娃娃——从农舍偷偷带回来的。明天要面对格拉斯，她需要做好万全的准备。

她很快就能完成那个纸娃娃了，再剪两刀，人的轮廓就完全被剪出来了。如果她的剪法正确，魔咒就能生效。如果不正确，她就得从头再来，但她剩下的时间不够了。明天下午一点半，她就要和格拉斯见面。

西奥妮咬了咬嘴唇，谨慎地沿着纸娃娃的右臂线剪了下去。娃娃和纸的边角料分开了。

西奥妮提起纸娃娃的肩站了起来，将它带到了卧室的衣橱旁。卧室门没有锁，她不能让娃娃处在透过门就可以看到的位置。娃娃平面的脑袋垂了下去，她尽力让它竖直，命令道："站起来。"

让她感到欣喜的是，剪出的纸片变硬了，可以自己直立，仿佛是一片薄纸板。她放开了它的肩。

真正的测试来了。学着艾默里下达魔咒指令时的样子，她退开两步，将自己的动作调整成纸片的样子，命令道："复制。"

人偶开始泛出淡淡的颜色——同幻想故事里的颜色相似。头发染上了橘色，上衣变成了灰色，裙子变成了深蓝色。人偶颜色越变越深，最终变得和站在对面的西奥妮一模一样，只不过是平面的而已。它的脸上带着西奥妮下达"复制"指令时期待的表情。甚至人偶的背面也和西奥妮完全相同。

从正面看，它跟个真人似的；换其他角度，则明显是一个纸娃娃。

西奥妮退后几步，坐到床上，研究着她的作品。就纸这种材料而言，已经是很不错的幻象了。虽然人偶不会说话，能和周边环境进行的互动也相当有限。毕竟，它没有关节，也没有脑子。玻璃匠能够创造更好的幻象，只要别把人偶做得太透明就行。聚酯纤维匠也能做得更好，他们总是能用塑料创造出这样复杂的东西。

她盯着人偶，喜悦之情渐渐淡去。

她想起了里拉。

她在艾默里·塞恩的心脏中短暂地游览了一圈，但仍有许多角落和岔道未曾涉足。比如说，她对里拉——艾默里的旧爱和前妻就一无所知。看着那个纸人偶，她不禁开始比较自己和里拉的外貌。

多亏了西奥妮精准的记忆，她甚至能记起里拉衣服上的针脚。她将身着黑衣，并且在多种意义上偷去了艾默里的心的血割者形象抛到一边，取而代之的是让艾默里坠入爱河的那个女人——在傍晚的开满鲜花的山丘之上，在古雅的婚礼之中的那个女人。曾有那么短暂的一瞬，西奥妮取代了她的位置。

虽然西奥妮不想承认，但里拉的确是她所见过的最美的女人，比西奥妮在镜子中看到的自己美得多，当然也比纸人偶要美得多。里拉有一头黑色的卷发，长长的黑色睫毛，黝黑深邃的眼睛。西奥妮则有一头罕见的橘色头发，奇怪地卷曲着，淡金色的睫毛和眉毛，浅色的眼睛。里拉就像是西奥妮在剧院外面的海报上见过的那些女孩；西奥妮则身材瘦弱、平板，到处都是棱角。她还很矮，头顶大概与艾默里的喉结齐平。里拉如果穿了恰当的鞋子，则能平视艾默里。

西奥妮并不了解里拉在成为血割者之前是什么样子——只知道

她曾是一个护士，而且要比后来讨人喜欢得多。但她能确定，血割者里拉与艾默里的前妻里拉是非常、非常不一样的人。

所以，她怎么会以为一个像艾默里一样的男人会对平凡如她的女孩儿动心？

西奥妮躺倒在床上，凝视着淡褐色的天花板。她再次想起了那个预见之盒。那天，艾默里从血割者造成的昏迷中醒来，她折了那个盒子。预见之盒中的景象就跟她在艾默里心脏中看到的一样清晰明了。不过未来在不停地变化，乡村集市上的任何一个巫师都很清楚这一点。如果她现在就得知了这样的事情，艾默里的未来中还会有她的一席之地吗？她并不想知道，因为纸魔法师肯定会顺着她的话来的。

西奥妮将里拉赶出了脑海，想起了那些令她充满希望的小瞬间——艾默里对她表现出喜爱的瞬间。魔法师阿维斯基显然感受到了他们之间一些与众不同的东西，才会采取那样过分的措施，为西奥妮另找一个师父。但西奥妮还想到了一些其他的事。

"你是我的学徒。我不认为……不认为需要提醒你这一点。"

西奥妮泄气极了。或许，不管魔法师阿维斯基有没有先找艾默里了解情况，她所看到的一切都只是她的一厢情愿罢了。

西奥妮闭上了眼睛，任由回忆一帧帧地回放，直到定格在了六周前，她从纸魔法师的心脏中出来的时候。那是一个酷热难耐的周三午后，也是她第一次感觉到：或许这也能行，或许我也是一个值得*被爱的人。*

　　当农舍那片狭窄的园子还没被纸制的植物覆盖时，她想要在土里种植些蔬菜。她在自己划出的那块地上缩成一团，面前到处都是黑土，手套上也是。阳光透过她那用柳条编织成的帽檐照在她的裙子上，划出一道道纹路。她种下了最后一批萝卜种子，然后从地上直起身子，她感到腰酸背疼得不行，又弯了下去。

　　艾默里出现在她身边，"恭喜你，西奥妮。你成功地将覆盖有植物的范围扩大了。"

　　"一个月以后再感谢我吧。"她扯下了手套，反驳道，"等明年你会求着我将这片泥土地扩得更大。"

　　艾默里笑了，伸出一只手拂掉了西奥妮脸颊上的土。当然，西奥妮的脸不争气地红透了，比她脚下即将长出来的西红柿还要红。

　　但他并没有马上移开手。他犹豫了一会儿，直视着她，那双漂亮的祖母绿眼睛中的灼热似乎要洞穿她的肌肤。

　　"怎，怎么了？"西奥妮结巴了。

　　他笑着放下了手，"哦，没什么。我只是在想，我真是喜欢你的名字。"

　　西奥妮睁开了双眼，将思绪带回到当下。

　　她坐起来，和纸娃娃那双空洞的眼睛对视。"停止。"她命令道，人偶坍塌到了地上，颜色也随之褪去。

　　接着，西奥妮从床上滑了下来，跪在地板上，把手伸到床下。她没敢从农舍中带走太多的东西——如果被艾默里发现了的话，她不好解释。她的手指绕住了一根粗的纸花茎，然后抽出了一枝艾默里在她生日时为她做的红玫瑰，玫瑰花瓣的颜色依然鲜艳如新。

她用手指摩挲着鲜花栩栩如生的花蕾。

我可以等两年，她将玫瑰放在自己的手掌中，想道，*我可以等他两年，如果有必要，甚至可以等更久。如果他会爱我的话，我可以等一辈子。*

可即便是两年，过起来也像是永恒那么长。如果艾默里找到了其他的人呢？西奥妮唯一能做的就是祈祷他们赶快回到农舍，这样纸魔法师又可以回到那种离群索居的状态，不会遇见其他的人了。

她叹了口气，将玫瑰放回了原处。她浪费了多少时间伤春悲秋，就像是一个得了相思病的少女！

她将纸人偶收拾好，藏在一边，重新开始工作。她没有继续折叠折了一半的纸鹤，而是开始叠一堆小型爆炸咒。她不能再为了艾默里魂不守舍了。他的事可以等等。他的事必须等等。

现在，西奥妮要集中精力准备。她得对付这些血割者，她得保护他，还有她自己。

她熬夜折叠了所需要的魔咒，将它们整整齐齐地装进包中——还是当她在浑浊岛对付里拉时，带在身边的那个包。

上床睡觉之前，她将自己的塔萨姆雷管手枪也放进了塞满魔咒的包中。

不一定非得使用魔法来赢得胜利。

第十二章

第二天,西奥妮和艾默里到了议会大厦,并被告知仍然要和黛丽拉一起等候在会议室外。不过,这次西奥妮就没那么不情愿了。

"今天不会像上次那么长了。"艾默里等到其他同刑侦局有关的人员进入双开门的会议室后,悄悄说道。他的呼吸拂在她的脖子上,惹得她一阵战栗,不过她掩饰得很好,"诸神保佑,千万别像上次那么长。"

他叹了口气,走向会议室。徘徊在门口的魔法师阿维斯基皱起了眉头,不过,她这次明显是对艾默里有所不满。西奥妮为这个发现感到吃惊不已。

门被关上了,黛丽拉和西奥妮各自就座。西奥妮等了大概五分钟——这已经是她能忍耐的极限了——然后转向黛丽拉,"我们走,快!"

她们离开偏厅,奔向女洗手间,路过满脸疲惫的卫兵。西奥妮挨个检查了隔间,确定洗手间里空无一人,然后锁上了门。

"你带来了吗?"西奥妮问黛丽拉。

黛丽拉用她的小手拧着一块手绢,点点头,然后快速地走到梳妆台。她从梳妆台后抽出一面中等大小,没有边框的椭圆形镜子。镜子的背面是一层薄塑料壳。在枝形吊灯的灯光下,镜子闪闪发光,镜面没有一丝划痕和一点污渍。这是一面玻璃匠的镜子。它看起来足够让西奥妮穿过了——刚好比她的肩和臀宽几英寸。

西奥妮小心地将它抱在怀里。

"别把它打碎了,不然我就没法把你拉回来了。"黛丽拉说,"昨晚深夜,我等到魔法师阿维斯基睡了,才把这面镜子送到这儿来。我以为会有卫兵来抓我。把它转一面。"

西奥妮将镜面对着黛丽拉,黛丽拉用手指在其上描画着,将它和洗手间中的镜子连通起来。西奥妮打算乘坐滑翔机从艾默里的农舍去往约定的地点——这样她会稍微晚到一点,再通过手中的这面椭圆形镜子回到议会大厦。如果发生意外,她能迅速地逃离,如果一切都按照计划进行,她能让格拉斯丧失行动能力,然后数十只纸鹤就会带着消息飞往当地警局。

黛丽拉再次对洗手间的镜子施法,调出了农舍洗手间的画面。

接着她亲吻了西奥妮的双颊。

"动作快些，千万小心。"她低声说，"如果你一个小时之内没回来，我发誓我会打破我的誓言，通知魔法师们。"

"给我两小时。"西奥妮说，"为了确保万无一失。"

"顶多一个半小时。"黛丽拉回复道，然后深吸了一口气，"去吧，你这个蠢货。别被杀了！"

西奥妮拿着椭圆形镜子爬上梳妆台，踏进了农舍的浴室。浴室镜子的高度不够，她几乎是挤过去的。接着，她踏进陶瓷的洗脸池，跳到了瓷砖地板上。她需要的东西都在包中了，所以她迅速离开了浴室，穿过走廊，直接上到了三楼艾默里放置"大"魔咒的地方。这里有滑翔机，一只巨大的纸鸟，还有一些其他尚未完成的奇怪装置，这些她都只在暗中瞧过两眼。这个四壁空空的大房间极需清扫，除了一张凳子什么家具都没有。

西奥妮将安全锁链绑在身上，站上滑翔机。她拉了拉一根粗绳子，农舍的屋顶就打开了。一只乌鸦被惊起，生气地直叫唤。西奥妮在滑翔机上站好，抓住了扶手，下达指令："呼吸。"

在她身下，滑翔机有如一匹野马一样的猛然弓起，西奥妮不由得握紧了扶手。滑翔机冲出屋顶，差点儿把西奥妮甩飞。等到西奥妮在空中调整好了滑翔机的位置，让它飞往南方，她才想起农舍房顶上的门还打开着。这时候，她只能祈祷在她回家之前别下雨了。

西奥妮飞向伦敦，速度比任何一种小汽车都要快，而且不必沿着道路,也不必当心河流。她尽可能地远离河流。身下的一切看起来就像是圣诞节百货商店里售卖的精美的火车玩具套装,只是山丘没玩具上设计的那么密集,道路也没那么崎岖。她将方向偏转到西边,比起直接飞越城市,她更想绕行,多欣赏些风景。风穿过她的头发,她的发辫如同马鞭一样上下起伏。西奥妮紧紧地伏在滑翔机上,催促它飞得更快。她得赶在黛丽拉的决心崩溃之前解决这件事,而且她担心留给她的时间可能比约定的一个半小时更少。在越过如同一条灰带的泰晤士河时,她屏住了呼吸:这是必经之路。

她飞过伦敦上空,开始在地面上搜索刽子手大街,直到这时,血液中的肾上腺素才渐渐消退,她终于清醒地意识到自己做了怎样的决定。心跳声盖过了耳边的风声,滑翔机的扶手上,手掌也开始出汗。她紧紧地抓着扶手,直至指节泛白。

西奥妮让滑翔机减速,靠近地面。她循着连绵起伏、绿迹斑斑的低矮山丘向西而去。山丘中有一个形状狭长的废弃农场,在山丘的阴影中,她发现了一间外墙锈蚀了的仓库,仓库大得能容下好几种动物。颜色斑驳的仓顶西侧,散落着数个被风雨侵蚀出的破洞。前门已经有了条条白色的痕迹,其中的一扇已经变形了,靠铰链拽着。在仓库的右侧,是一间坍塌了的牛舍。

为了防备格拉斯给她设下陷阱,她拉高滑翔机,在房子和山丘上打着圈儿,探查着有没有什么不同寻常的东西。她什么也没看出来。

"轻轻地降落,拜托了。"她向滑翔机请求道。滑翔机在她的操纵下,驶向仓库的东面,在空中盘旋了三圈半,然后腹部着地,停在了茂盛的草丛中。

西奥妮松开自己酸疼的双手,滑下滑翔机,谨慎地打量着仓库。没有格拉斯的踪迹,至少现在还没有。

她将手伸进包中,拿出了人偶,下达指令:"站起来。"

人偶变硬,直立了起来。西奥妮将自己和人偶对齐,命令道:"复制。"

人偶开始上色,变得和西奥妮一模一样,甚至连被风吹乱的头发也模仿得惟妙惟肖。西奥妮根本没心思梳理它。

怀里抱着黛丽拉的镜子,腋下夹着人偶,西奥妮小心地靠近仓库,在崎岖的土地上,她尽可能地放轻脚步。她从弯曲的门缝中看进去。

光线从仓库屋顶上的破洞中透下来,鸟粪落在房梁的椽子上,一间间马厩沿着左右两面墙排开,搭建马厩的木头都已经腐朽开裂了。那两面墙上还钉着许多挂钩和圆环,当初是用来挂工具的。还有几堆年头久远的干草堆散落在肮脏的地板上。但吸引了西奥妮注意力的却是那些镜子。

在这空旷的地方,摆放了十多面镜子。有些小如黛丽拉的化妆镜,有些则和衣帽室中被西奥妮打碎的那面镜子差不多大,它们悬在仓库周围,有的贴着墙,有的贴着地板,有的向上,有的向下,有的向左，有的向右。格拉斯是为了他们的会面专门布置了这里，还是他一直都躲在这里？

西奥妮低声对人偶说了些什么，将其留在门外，走进了仓库。她将椭圆形镜子靠墙放着，满意地发现它与其他镜子混在一起，毫不突兀。她检查了安全锁链的每一节链环，然后将手伸入包中，挨着摸了摸所有的符咒。最终，她的手停在了手枪的枪管上。

"格拉斯！"她喊道，"你在——"

"甜心，我约会从不迟到。"他如蜂蜜般丝滑的声音传来。西奥妮迅速转身，首先在一面镜子中看到了他的身影，接着，他的真人出现在了对面的角落，身旁的墙上挂着一具破旧的马鞍。这一次，他没有戴那个假鼻子，也没有穿伦敦人的日常服饰，而是穿了一间黑色的短袖上衣——袖子短得几乎能算是无袖了，佩戴着一条装饰着珠宝的腰带。不，不是珠宝——是一面面的小镜子嵌在皮带上。还穿了条合身的黑色长裤，脚下也套了一双黑色靴子。

格拉斯交叉着双臂，臂膀显得比西奥妮记忆中的更为壮实。她觉得连朗斯顿都不能对抗这个男人。她暗自希望只是因为袖子太短，才将胳膊衬得那么粗。

虽然格拉斯并不是一名血割者，西奥妮仍然不想和他有任何的身体接触。毕竟，安全锁链只能让她避免咒语伤害，而不能躲开物理攻击。

她清了清嗓子，希望能掩饰住心中的恐惧。她问道："里拉在哪儿？"她的声音有些颤抖，表情也有些抽搐。

格拉斯向前跨了一步。虽然西奥妮很想表现得勇敢点儿，但还是不由得退了好几步。玻璃匠朝着她笑，却没有嘲弄她懦弱的行为。

他停在了一间马厩旁边，指了指仓库后墙上一面较大的镜子，说："你自己看吧。"

西奥妮一直用余光瞅着格拉斯，侧着走了几步，直到能看到那面镜子中的影像。镜中不是她的影像，而是里拉。她依然是她记忆中的那副样子。

黑发女人蜷缩着，寒霜结成的冰晶覆在她的四肢和黑色衣物上。她的面部表情凝结在刚要尖叫的一刻，十分扭曲；一只血迹斑斑的手压着左眼，拼命地想要止住正在流出的鲜血，血已经滴到了脸颊和小臂上。伤口是西奥妮出于自卫，用里拉自己的匕首造成的。女人的皮肤和衣服上的细小冰凌闪闪发光。

唯一跟西奥妮的记忆不符的是里拉的位置。她并不是蜷缩在沾有海盐的被水浸湿的岩石上，而是位于黑暗、破碎、散落着老鼠屎的地板上。镜子那边的光线不够，西奥妮没法看清楚周围的情况。

"你没把她带到这儿来。"西奥妮说道，脉搏跳得更快了。她扭头看着格拉斯，"她不在这儿，我怎么能帮你？"

"别傻了。"格拉斯一边说，一边用中指挠着粗脖子的一侧，"她在镜子的另一边。只要我发出口令，我们就可以穿过去，就跟进门一样。而只要你告诉我怎么做，她就能恢复如初，只不过少了只眼睛。"

最后几个字他几乎是吼出来的，这让他看起来更像是某种犬科动物，而不是猫科动物。

西奥妮又瞥向里拉。就算她想打破魔咒，也不一定真能做到。她在海峡说的那些话是那么斩钉截铁。而且，她跟格拉斯说自己所使用的魔法并没有什么特别之处，但实情恐怕并非如此。没有任何一种折纸魔法在生效的过程中，需要用到鲜血，可西奥妮在冻结里拉的时候，确实借助了血液。虽然理智和艾默里都告诉她这并不会使她成为一个血割者，但她还是忍不住去想这到底意味着什么。难道她真的掌握着魔法师转变介质的钥匙吗？

"在小酒馆中，我跟你说的也许并非全是实话。"西奥妮小心地措辞。知识是一种极具力量的东西，她不想透露太多。"那个咒语不完全是个意外，或许有多种情况都能使魔咒生效。"

格拉斯的嘴咧得更大了，"我就知道。"他边说边向前跨了一步。

西奥妮向后退了一步，保持着他俩之间的距离。出乎意料的是，格拉斯止步了。比之西奥妮想要从他那里得到信息的渴求，他对西奥妮掌握的信息要渴望得多。他不会做任何有可能使谈判陷入僵局的事情，如此最好。

"告诉我。"他催促道。

"因为我是施法者，所以这个咒语只有我能解开。"西奥妮说。

这是一个谎言，但也有可能就是事实。她可以让艾默里激活的魔咒停止，这样另一个折匠就能使用这个魔咒了。可是格拉斯并不是一名折匠。

"显然，魔咒在她的身体里。"西奥妮说，尽量让语气听起来坚定，"你让萨拉杰破除魔咒了吗？血割者对人的身体很有一套，而你没有这种力量。"

"萨拉杰非常讨厌里拉。"她想起了艾默里说的话。或许那位血割者试都没试过。格拉斯咬牙切齿，"我们是有一个能使人僵住的咒语，但逆行咒语并不能帮到里拉。这是一个完全不同的咒语。"

西奥妮对他的回答吹毛求疵，"不是我们，是萨拉杰。"

格拉斯的脸色暗了暗，"是，目前为止，是萨拉杰。可我对血割术的了解就像是了解我的手背一样，西奥妮·特维尔。如果你不能解除这个魔咒，一旦我掌握了鲜血这种介质，我就来解除它。你没有泄露我的秘密，是吧？"

他又向前了一步。

西奥妮依然坚持站在原地，但放在包中的手紧握成了拳头，"我可不傻，知道该如何保密。"她又说了谎。整个刑侦局都已经知道格拉斯的玻璃匠身份。在距西奥妮约七步远的地方，格拉斯再次停下了脚步。他举起了自己的手掌。"一切都在材料之中。"他研究着自己的手掌，喃喃低语，"我研究这事很多年了，对此已十分了解。魔法师的魔力都在材料之中。这种没什么转圜余地的话说起来挺简单，却不可更改。"

他犹豫了一会儿，然后沉下了脸，或许他终于意识到西奥妮在拖延时间，"告诉我你到底做了什么！"他吼道，"复原她！"

话的音量让西奥妮惊得差点跳起来，声音在房梁和仓库空荡荡的四壁之间回荡，震得镜子颤动起来。她狠狠地吞了一口口水，向有里拉影像的镜子移了一步。

她看着里拉。这位带刺的美人蜷缩在无尽的痛苦之中，她的手和头发遮盖了大半张脸。艾默里曾经爱过她。他和她的婚姻维持了三年。即便里拉跟他渐行渐远，即便格拉斯将她拉入了黑暗的世界，艾默里还爱着她。直到最后——所有的希望都成泡影的时候——他才割断了他们之间的联系。

西奥妮知道，她曾亲眼见证过。

艾默里说，里拉曾是一位护士，一位医者。护士帮助他人。或许，艾默里之所以会被她吸引，除了美貌，这也是原因之一。里拉曾经致力于治疗病痛。

西奥妮的记忆回到了浑浊岛上的岩石山洞中，艾默里的心脏在洞中一个被施了法的血池子里跳动着。西奥妮用手枪击中了里拉的心脏。但那名血割者用黑魔法将子弹拔了出来，治愈了自己。有那么一小会儿，在格拉斯审视的目光之下，西奥妮突然怀疑这也许是里拉开始学习血割术的原因。格拉斯是不是向里拉提供了某种治疗方法，是现代医疗技术无法比拟的？当初，里拉是不是只想成为更好的医者，靠一次简单的触碰、一个简单的魔咒就可以治愈他人？

西奥妮再次看向镜子。里拉曾是一个好人。要赢得艾默里的爱，她一定得是好人。但血割术使她变得阴暗，偷走了她的灵魂。

"当我们还住在伯克郡时，格拉斯是我们的邻居。"

是格拉斯。她转头看向他。格拉斯将邪恶的种子埋进了里拉的心，辛勤浇灌它，就像一位园丁照料他的土地。不，西奥妮不会释放里拉，艾默里给了她一次又一次的机会，但最后只证明了她没有任何被救赎的可能。

而且西奥妮也不能让格拉斯自由。她不能让他再次回到城市，伤害别人，将那些无辜的人变成黑暗艺术品。他甚至还有可能变成一个真正的血割者。她必须阻止这一切。

西奥妮将手伸到包的底部，抓住了那把塔萨姆雷管手枪，将它从一堆纸符中拔了出来。

她举起手枪，对准了格拉斯。

第十三章

格拉斯皱眉看着手枪，"这就是你的计划，宝贝？"

"你不是血割者。"她的语气平稳，但另一只手也握住了枪，以确保手枪不会晃动。自从和里拉战斗过后，她就再没用过枪。而这座破破烂烂的仓库让人很难集中注意力，"你不可能像里拉那样治愈自己。"

"你确定吗？"他问道。

西奥妮瞄准了他的心脏。

格拉斯向前跨了一步。西奥妮打开了保险栓。

他咯咯笑了，问道："你曾杀过人吗，小女孩？"

"我杀过，不是吗？"西奥妮说，朝着仍然显示着里拉影像的镜子偏了偏头。不过那并不算是死亡，只是被魔法定住了，她想，如果我打中了他，我将会杀死他，成为一个像他那样的杀手。

不，但这次不一样。这是一个不是他死、就是她亡的两难局面。西奥妮知道，穿透胸膛的子弹肯定比格拉斯想要用来对付她的方法仁慈得多。

不过，她仍然将枪口往下移了移，对准了他的臀部。最好只是让他行动不得，等待刑侦局来处理他。

她讨厌枪在手中颤动的感觉。

格拉斯看起来十分不悦，"我曾说过，我会追踪你的那位金发朋友。黛丽拉·伯格，对吗？"

西奥妮努力克制住了瞥向门边椭圆形镜子的冲动。

格拉斯将手伸到身后，从腰带中抽出了两把短匕首，匕首的刀片由如霜似雪的厚玻璃制成，看起来像是雕琢过的冰。他将其中的一把凑近嘴唇，亲吻了它。

"我会先将她的脚趾切下来。"他说，朝前走了一小步，靴子在肮脏的地板上轻碾着，"接着是她的手指，她的耳朵。我会把她的牙齿一颗一颗地拔下来，然后是舌头。等到她没法儿尖叫的时候，我会——"

"别说了！"西奥妮吼道，"这是没有用的！我会阻止你的，黛丽拉不会有事。"

"哦，或许吧。但其他人呢？"格拉斯问道，"你并不是很了解萨拉杰，对吧？他是只疯狗，杀戮对他而言，并非生存所需，只是娱乐。他会追猎你的朋友，派翠丝·阿维斯基和艾默里·塞恩。他炸掉了达特福德的造纸厂，只是为了把你赶出来。"

"但他不会就此止步。"他接着说，"他毕生都在游戏，我已经知道在他的追猎名单上还有谁了。欧内斯特·特维尔、朗达·蒙哥马利·特维尔……"

西奥妮身上的每块肌肉都绷紧了，牵扯着手枪的准心上下晃动。那是她父母的名字。

格拉斯却还没有停下，"吉娜·安，马歇尔·欧内斯特，还有玛歌·佩内洛普。嗯，佩内洛普，没错吧？"

西奥妮口干舌燥，犹如身处沙漠。她的泪水溢满了眼眶，握枪的手全是汗水。他知道她家人的名字，他是怎么知道的?!

"看到了吗？宝贝？"格拉斯问，又向前滑了一步，"我就是牵着萨拉杰的那根链子，一旦我有什么不测，他在这个世界上可就肆无忌惮了——"

格拉斯迅速地移动起来，掷出了一条桃红色、黑色和亮光交织的长链。他的匕首呼啸着穿过空气，西奥妮的手枪从她汗湿的手中滑落，掉落在她身后的地上，跟她隔着大约八步远。格拉斯的一把匕首掉落在手枪的旁边。

西奥妮的心沉了下去。她冲向那面椭圆形镜子。

"噢，别！"格拉斯咆哮着，他沉重的脚步声在她身后响起，靴子跺在地上, 整个地面都在震动, 就像是一截开动的火车。西奥妮一边尖叫, 一边摸出了一把纸符, 向身后掷去, 甚至都没敢停下看一眼它们到底是哪些纸符。

"呼吸!"她喊道。

三只纸鹤活了过来, 一个爆炸咒落在了地上, 什么作用也没起到。

鸟向格拉斯飞去, 但他拂开了它们, 脚步连顿都没顿一下。

"黛丽拉!"当西奥妮接近镜子时, 她高声喊道。镜面开始波动, 但格拉斯巨大的手掌抓住了西奥妮的手腕, 拽住了她的后背。

西奥妮飞了起来, 有那么一瞬间, 整个仓库都在旋转。接着她撞向了地面, 扬起的尘土包围了她, 刺痛了她的眼睛, 呛进了她的喉咙。她一边咳嗽, 一边把自己撑起来, 右边的肩膀隐隐作痛。

格拉斯拿起了那面椭圆形镜子。"真可爱。"他说, "碎裂。"

在格拉斯的轻抚下, 镜子碎成了数百块, 像是被冻住的雨滴一样落到了地上。在碎片碰撞的叮铃声中, 西奥妮听到黛丽拉在喊她的名字。

西奥妮喘着气, 瞪大眼睛看着被毁掉的逃生通道。但她还有滑翔机, 如果她能到达滑翔机那里——

格拉斯将匕首挪到右手上, 对准西奥妮。

西奥妮从包里拿出一个菱形纸符, 喊道:"爆炸!"

纸符盘旋在两人之间, 猛烈地颤动着。趁着它还没有爆炸, 没有冒出黄白色的烟火，西奥妮向仓库后面跑去。爆炸后的一些灰烬朝她裹挟而来，却因为安全锁链，被反弹了出去。

格拉斯不见了，通往仓库大门的道路畅通了。

西奥妮拔腿就跑，但没跑两步，右侧的一面高大镜子就泛起了波纹，格拉斯从中穿了出来。他强壮的双臂就像是螃蟹的大钳子一样朝她抓来。西奥妮猛地一闪，几乎摔倒在地，她朝后狠狠地踢中了格拉斯的小腿胫骨。地上尘土飞扬，她连滚带爬地往前冲了两步，然后用尽全力朝门跑去。玻璃匠在她身后咒骂着。

她几乎快要跑到门口了，正在这时，又有一面圆形的镜子泛起波纹，格拉斯从中走了出来。他口中念念有词，西奥妮听不清楚他在念什么。突然，仓库中的所有镜子都开始波动，每一面中都走出了一个格拉斯。没过多久，十多个格拉斯·寇伯特包围了她，有一些巨大凶恶；有一些只有几英寸高，盘旋在挂在墙上的小镜子前。

西奥妮向后退了一步，眨了眨被汗水迷了的眼。格拉斯的分身看起来有些虚幻。

哪个才是真正的格拉斯？幻象能不能伤害她？

"别跑，宝贝。"所有的格拉斯齐声说，听起来就像是没有旋律的合唱。

她只剩一个爆炸咒了，那就把它用在离门最近的那个格拉斯身上吧。

"爆炸！"她喊道，将纸符掷向一面铸有铁框的镜子——第一个格拉斯走出来的那面。她原路折回,同时下达指令:"移动!"

爆炸纸符炸裂开来,光亮在施了法的镜面上反射闪耀,玻璃匠的分身全部处在火焰之中。

西奥妮弯腰躲避,真正的格拉斯从仓库东边的一面镜子中走了出来,他将匕首扔向西奥妮——

接着,匕首刺穿了纸。

格拉斯手上已经没有武器了。他脸色苍白,看着西奥妮的纸人偶。人偶从鼻子到领口已经裂开了,色彩也已褪去,坍塌到地上。之前西奥妮就对人偶施了移动咒,所以当她第二次下达"移动"指令的时候,人偶移动到了仓库中。

真正的西奥妮已经直起身子,向大门冲去。她的手在包里翻找着,眼睛在其他两面镜子间来回打量。

格拉斯从左面的镜子中钻出来,他再次发动进攻,就像是一头人形公牛。不过,西奥妮已经拿出了波动咒。

"波动!"西奥妮命令道。那些像水母一样的纸触须垂了下来。

周围的空气都波动了起来,但并不像镜子在传送东西前的那种波动。格拉斯晃了晃,但并没有完全停下。他逼近了西奥妮,举起右拳,狠狠地砸过来。

一声响雷在西奥妮的骨骼中炸开、回荡,接着就是一道粗粗的闪电。她重重地摔倒在了地上,疼痛从尾骨蹿上全身。

眼睛下面,她看到左颊鲜血飞溅,鸟群在她身边飞舞,东冲西撞，晕头转向。

接着，她感觉到粗壮的手指扯开了围在她身上的安全锁链。接着，一只手圈着她的脖子，另一只手抓着她衬衣的前襟，把她提了起来，整个仓库在她的眼中旋转得更加厉害了。他将她抵在门边的墙上，一些细小的碎片刺入了她的背，土渣洒在她的肩上。

格拉斯将西奥妮举过头顶，掐着她的脖子，西奥妮只能拼命地呼吸。他花了几秒钟平稳自己的呼吸，然后说道："西奥妮，你知不知道被血割者触碰后会怎样？"

西奥妮没法儿回答。格拉斯的指尖紧压着她的气管，她的脸越来越热，面颊抽搐着，每抽搐一下都连着颧骨。

"虽然我现在还不能使用血割术。"他说，"但我一样可以让你知道血割术的厉害。"他掐得更紧了，西奥妮的脚胡乱踢腾着。

突然，枪声响彻了整个仓库，西奥妮掉了下去。

她双膝跪地，气喘吁吁，灼热的空气充斥着肺部。格拉斯咒骂着，摇摇晃晃地转身，用两只大手抚着肋骨。鲜血从他上衣的一侧涌出——只是一处擦伤，但血流不止。

西奥妮震惊地看着黛丽拉，她站在一处空马厩里，手中是西奥妮的手枪。

"快跑！"黛丽拉大喊道。西奥妮看到黛丽拉的一只脚仍在波动的镜面之中，她及时地找到了仓库。

西奥妮从地上跳了起来，拼尽全身力气撞向格拉斯，用肘部猛击他受伤的那侧，这玻璃匠跌跌撞撞地退开了，西奥妮向黛丽拉冲去。

黛丽拉滑进了镜子，只留着一只手在镜面外。

"移动！"格拉斯在她身后吼道。所有的镜子都同时开始波动，格拉斯从距离黛丽拉最近的那面镜子中钻了出来，他仍然捂着自己的伤口，满面通红，气喘如牛。

他再次朝西奥妮发动了攻击。

她没办法冲过去。

"快跑，黛丽拉！"她尖叫道，然后朝着她朋友和格拉斯的相反方向跑去。

狂怒的玻璃匠赶上了她。

她用脚后跟猛踩地面，向上跳起，脚踝处传来一声脆响，钻心的疼。

她跃进了另一面镜子。

第十四章

西奥妮本来以为她会从仓库的另一处钻出来,如果是离门近一点的地方就更好了。但当她跌出另一边的镜子时,她发现自己跌进了一片黑暗之中,朽木的气味扑鼻而来。

这不是仓库,不过也没什么要紧。

西奥妮直起身,抓住镜框,镜子仍在波动。她用尽力气将它扔出去,砸成碎片。波动停止了,但西奥妮还是跳到了面积较大的碎片上,用鞋后跟将它们踩得更碎。

她的脸部肌肉抽搐了一下,跌跌撞撞地向后退去,重心全靠右腿支持。她的左脚脚踝一抽一抽地痛着,受伤的严重程度不亚于颧骨。

她喘着粗气,呼吸声回荡在一片空旷的黑暗之中,有如十月的风吹过。西奥妮咳了一下,又咳了一下,用手抚摸着疼痛的嗓子。第三次咳嗽几乎让她想要呕吐,但最终对空气的迫切需求止住了她的干呕。她深吸了一口气,盯着镜子碎片。她没有用来折叠百叶匣子的纸了。她什么都没有了,甚至包括手枪。身边只有一个空包。

"哦,黛丽拉。"她喃喃道,声音嘶哑。她的朋友一定及时逃走了吧。

西奥妮又吸了口气,终于开始抬头打量身边昏暗的环境。空气中有一股陈腐的味道,汗湿的皮肤一片冰凉。她的眼睛逐渐适应了黑暗,看见了陈旧的灰褐色的木制墙壁,水平的天花板,散落着老鼠屎的木质地板。这里看起来有些像一间库房,一间空库房。

她转过身,发现库房并不是空的。

当她看到里拉时,她的心脏骤然加速,差点跳到嗓子眼儿了。里拉依然被冻着,还是在浑浊岛海岸上的那副样子,蜷缩着,手掌按着脸,凝固在痛苦的时刻。在光线昏暗的库房中,她就像个幽灵,影影绰绰,鬼气森森。西奥妮打了个寒战。

西奥妮隔得远远地绕着里拉走了一圈,然后跛着左脚向门走去。地板在她的脚下嘎吱作响,墙里和地板下响起细碎的刨爪子的声音——老鼠跑动的声音。

西奥妮试着开门,门锁了。她又仔细研究了一下,发现门并不是从外面被锁上的。有人——她觉得是格拉斯——在里面上了两道锁，两道锁有不同的锁孔。西奥妮的肩膀塌了下来。

西奥妮退回洒落着镜子碎片的地方。在门旁边，她几乎看不清楚这些碎片。墙壁是由木板拼接成的，房间里唯一的光是从门板缝里透过来的。

格拉斯。格拉斯知道她在哪儿。他不会放心地让她和里拉待在一起。他总会想到办法来这儿，找到她，然后杀了她。

"哦，上帝，帮帮我吧。"她悄声说道，十指紧握放在胸口。她的身躯颤抖着。

她又去拨弄门锁，使劲儿拉，试着将指甲楔入锁的插销。但都没用。

如果有纸就好了！一个爆炸咒一定能将这些腐朽的木头炸开。

她咬了咬嘴唇，时间每过去一秒，刺骨的寒意就更盛一分。她使劲推门，朽木嘎吱作响；她的手指从墙上宽一点的缝隙中穿过，抓着木板使劲前后摇晃，但力气不够，没法破开墙。

"快想，快想。"她嘟哝着。没有纸。她还有些什么东西？

她看向里拉，然后趿着脚向她走去。

这女人的皮肤冷得像冰，西奥妮甚至有些希望她能苏醒过来，将自己推开。可是，一想到自己和复仇心切的里拉一起被困在仓库之中，西奥妮顿时觉得毛骨悚然。不过，她还是摸索着里拉的腰带、裤子、上衣，寻找一切有可能用得上的东西。她找到了一张德国的还没盖戳的火车票，还有一根挂在腰带孔眼儿上的、既像钉子又像棍子的东西。

接着，西奥妮在里拉的右脚靴子里找到了一把约三英寸长的弹簧小折刀。她拿着折刀、钉子，一片玻璃碎片，和碎镜子的镜框回到了门口。

首先，她打算将钉子钉入木头和锁之间，然后用折刀的刀柄锤它。但门锁并没有松动，而且她汗湿的手掌也握不住工具了。她在裙子上擦了擦手掌，尝试直接用刀刃将门锁卸下来，但还是失败了。

西奥妮用自己的背心裹起折刀，然后小心翼翼地抓住镜框，避免让残留的镜子碎片割到手。当她将重心放到左脚上的时候，面部肌肉忍不住一阵抽搐。接着，她斜拿着镜框，用右脚踩了两脚，直到镜框长边的一端被踩断。西奥妮又来回地拧了拧这条长边，最后得到了一根木条。西奥妮用力举起木条，将其一端插进木板间的缝隙中，来回撬动，将自己所有的重量都压在了这条杠杆上。

木头发出咯吱咯吱的声音，底端裂开了。

希望的曙光照亮了西奥妮，她扔掉镜框，双手抓住木板。碎末扎进了手掌和手指，但她无暇顾及。她将木板推了出去，破开了一个大约离地面有三英尺高的洞口。再次将重心放在左脚，西奥妮用右脚猛踢剩下的木板，直到木板松动，能够用手掰断。

洞口很窄小，西奥妮的肩胛骨和臀部都是擦着边缘穿过去的，但她最终还是逃出了库房。库房旁边，是一栋样式相同的建筑。两栋建筑都伫立在坑坑洼洼的小路旁边。头顶的天空灰暗阴沉，西奥妮闻到了远处传来的腥咸的味道：海岸。

她一瘸一拐地离开仓库，匆匆踏上三英尺宽的小径，然后消失在了树林里。在她的记忆中没有和这里相似的地方。她到底在哪儿？

格拉斯。她的面颊又开始抽痛，脖子上也火辣辣的。

不管镜子把她带到了哪儿，当务之急是在他找到她之前逃跑。

她跛着左脚沿着小路大步前行，谢天谢地，这里没有山坡，只有一片野生林地，周围全是长满青苔的冷杉树和杂草。大约走了四分之一英里，她离开了小路，以防格拉斯顺着小路找到她。

她尽可能快速地在齐膝高的落叶堆里穿行，眼睛在地上扫视着，避开树根和洼地。她一口气跑到了一棵紫杉树后，停在树干旁躲了起来。她的肺在灼烧，脚踝抽痛，西奥妮眨眼逼回了泪水，坐到地上，脱掉了鞋袜。

她的踝骨肯定没裂，脚踝只是稍微有些肿胀。可能是轻微的扭伤，也可能只是拧了一下。没什么大碍，自己就能恢复，但她现在不可能休息。她穿上鞋袜，以免脚踝继续肿大，然后拿出从仓库中带出来的镜子碎片。她将碎片捧在掌心。

"找到我，黛丽拉。"她喃喃自语，"快！你刚才可以找到我，现在也行。"

好长一会儿，她都盯着镜子中自己那张绝望的面孔发呆，什么也没有发生。她本来不应该抱有期待的。

西奥妮背靠着树干，想要调顺自己的呼吸。她自己都不知道自己在哪儿，黛丽拉怎么会知道呢？如果她自己是个玻璃匠的话……

格拉斯的威胁浮现在她脑中，她的心跳加快了，因为另一个原因，因为她的家人。他会伤害我的家人，杀了他们，我得回去！

西奥妮一遍又一遍地骂着自己，然后靠着树站起身来。她必须得寻求帮助。如果能找到一些纸，她或许能折一只纸鹤，让纸鹤去找艾默里——

艾默里肯定会亲手杀了我的，她一边想，一边迅速穿过灌木丛生的林地。我肯定会被吊销学徒资格。

但这都不重要了，至少在当下一点都不重要。她必须得寻求帮助。她要警告她的家人。更为紧要的是，她现在得远离格拉斯！

她在林地中奔跑，事实上更接近于一瘸一拐地快走。树木越来越茂密，几点雨滴落在了她的鼻尖，但天空看起来却很干燥。过了一会儿，地面开始向下倾斜，眼前出现了一条向东的小径。她沿着小径走了几英里，直到肌肉酸疼，口渴难耐，才终于看到了小路的尽头。一条宽阔的土路出现在眼前，笔直地伸向两端，路旁没有房子，也没有任何生命迹象，只有一个褪色的路牌，上面刻着法语。

法语。所以，她已经离开了英格兰。那她现在在哪儿？法国？比利时？格拉斯肯定不会把里拉带到加拿大吧！

西奥妮一边咳嗽，一边沿路快步走着。厚重的云层遮蔽了太阳，但她仍然能看出暮色正在降临。

她似乎听到身后有响动，转头看去，却一无所获。

她边走边在道路两旁搜寻着，希望能找到被丢弃的纸制垃圾，但路面很干净，连根能当作拐棍的长木棍都找不到。路面上的车辙不仅少得可怜，而且很浅。不管这是什么地方，都是个人迹罕至的所在。

她拖着沉重的身体继续前行，冷风吹过，肌肤上起了一层鸡皮疙瘩。脚踝肿得更厉害了，但她却不能停步。她得找人，得走得远远的。要是能找到一个电报机就好了，可她连电线都没看到一根。甚至，她再也没瞧见其他的路牌，更别说能让她读懂的路标了。

太阳落山了，将阴云染上了一层橘色，她手中握着那片玻璃碎片，默念着黛丽拉、魔法师阿维斯基和艾默里的名字，但没有人回应她的呼唤。

夜色渐浓，直到云层遮蔽了星月，再也看不清路，西奥妮才停下脚步。她气喘吁吁地走下大路，来到稀疏的树丛之中，在一棵树的根须之间坐下来，将膝盖抱在胸口，抽泣起来。

第十五章

　　清晨，一阵细雨带着柔和的灰色光线唤醒了西奥妮。昨天夜里，只有一声野鸟的啼鸣和两次小动物的窸窣响动惊醒了她，不过她也没看清那是什么动物。她右腿膝盖以下的部分已经全麻了。她靠着树干舒展酸痛的脊背，能听到骨头清脆作响。一只褐色的大蜘蛛爬到了她的肩上，她尖叫一声，将蜘蛛拍下来，然后跳了起来，麻木的右腿打了一个趔趄。不过，她的左脚脚踝，看起来要好多了，在她睡觉的时候肿胀已经消了下去。

　　她盯着树看了一会儿，试着将涣散的思绪整理起来。晨雾沾湿了她的衣裳，露水从头顶茂密的树叶上滴落。

　　西奥妮抽出里拉的弹簧折刀，扫视着树林，搜索着淡黄色头发以及其他人类的踪迹。她什么也没看到。如果格拉斯昨天就穿越到西奥妮这里，然后摸回了仓库，那用不了多久他就能找到她了。

她将折刀放回背心里，开始检查镜子碎片，镜面依然光亮如故，没有被施加魔法的迹象。她暗自祈祷这块碎片不会成为一把双刃剑，就算格拉斯出现在镜子中，他也不知道要怎样找到她，至少她是这么安慰自己的。可这块碎片毕竟来自他的镜子。

她重新爬上了大路，想着如果能找到一位居民，或许就可以得到帮助。至少能要到一张纸。不过在这样的雨天，纸鹤也飞不远。

西奥妮无法想象她和伦敦之间到底隔着多少里路、多少条河。然而，她只能继续向前。

她沿路而行。

走着走着，灰色的天空渐渐变亮，然而太阳仍然不肯突破云层的屏障。雨下了许久，西奥妮的衣服已经湿得让她觉得很难受了。雨停了之后，夏末的天气冷得可怕。她解开辫子，用手指梳了梳，重新扎好。再次检视了镜子，然后回头看了看。

过了大约两个小时，她听到前路传来车轮压在土地上的声音。两匹斑点马拉着一辆结实的、没上漆的马车出现在了她的视野里。西奥妮松了口气，朝马车跑去，挥舞着双手想要让车夫停下。但车夫忽略了她，继续朝前驶去，经过她的时候还将马赶得更快了。车厢的窗户紧紧闭着。

西奥妮愣在了马路中间，目送着他们离去。一个疲惫不堪的年轻女孩在寻求帮助，他们竟然连速度都没减慢半分？该死的法国佬！他们以为她是谁？在这荒无人烟的地方，他们能身负什么样的差事，竟然连停下指个路的时间都没有？

西奥妮塌下了肩膀，转身继续上路。她并不需要问路，更何况她还听不懂他们说话。她只有两条路可走：继续前行，或是转头回到仓库。西奥妮加快了前行的速度，边走边揉着肚子，她的胃已经因为饥饿而痉挛了。马车肯定得从某个地方出发，而那些马看起来并不是很劳累的样子，*再走几个小时就能找到人了，她满怀希望地想。*

树林更加稀疏了，雨又淅淅沥沥地下了起来，将乌云之上太阳的温度稀释殆尽。西奥妮边走边搓着自己冻僵的手指，寻找着一切生命的痕迹。她发现了一只野兔子，有那么一瞬间，她很希望自己能捕猎它，可是她只知道如何烹饪它。

她张嘴想要啜饮些雨水，但雨丝太细，而且断断续续，根本无法缓解她的干渴。她继续走着，紧握着镜子碎片，肌肉酸疼不堪。*找到我，黛丽拉、魔法师阿维斯基。赶在格拉斯之前找到我。*

她试着不去想她的家人，但沉默地走在一条永无止境的长路上，这种奢望显然不可能做到。她想象着马歇尔躺在冻肉仓库的地板上，想象着吉娜被挂在仓库的某个挂钩上，艾默里和巡警站在他们的边上。而这一次，所有的责任都归咎于西奥妮一人头上。

西奥妮甩了甩头，将这些想法逐出脑海。她瞥向身后，有些时候，她觉得自己听到了沉重的脚步声，或是看见了比自己发色还浅的淡黄色的头发，但一切都是错觉——她仍然孤身一人。她也没有每当萨拉杰靠近时，那种浑身不适、毛骨悚然的感觉。

又过了一段时间，她找到了另一个标志牌，上面写着，"祖依迪库特东南方向一公里"①。她觉得"公里"是公里的意思，但剩下的就读不懂了。不过，路标意味着附近有人烟了，她憧憬着。

她肚子咕咕直叫，加快了脚步。令她欣慰的是，在离路很远的地方，一片耕种过的山坡上有修剪齐整的杂草坪，草坪上有一栋红砖房子。新的力量注入了西奥妮的身体，她跑过大路，爬上山坡，根本来不及看有没有好走的路。她一口气跑上狭窄的门廊，敲响了房门。门上有一块褪色的标识，上面写着"克拉斯家"。

她听到了嘎吱嘎吱的脚步声，然后一位快五十岁的秃顶男人开了门。

"你好，很抱歉打扰了。"西奥妮飞快地说，"但我需要帮助。我迷路了。您这里有电报机吗？"

男人皱起了眉头，"您哪位？我不会说英语。"②

哦，要是黛丽拉能在这里帮忙翻译就好了！西奥妮将镜子碎片抓得更紧了，然后用空闲的一只手指指自己，说道："西奥妮。迷路了。从英格兰来。"

---

① 原文为法语。
② 原文为法语。

她又指了指某个方向，她觉得英格兰应该在那边。接着，她突然有了个主意。

她将镜子碎片塞进腰带，然后做出一副在自己掌心写字的样子。"纸？"她问道，"呃……籽？纸？还是——？"

她觉得这些发音都挺像法语的。

他愣了愣，然后点点头打开了房门，用一只手比画请西奥妮进门。一位稍微上了点儿年纪的男人坐在杏黄色矮沙发最靠边儿的位置，腿上还放着一张报纸。他好奇地打量着西奥妮。

之前的那个男人走到房间角落的桌子前，抽出了一个小的便签簿和一支笔。"纸？"[①]他递出这两样东西，问道。

"对，对！额，'对'[②]。"西奥妮抓过便签簿。手指触摸到纸张的质感，顿时让她安心了不少。她潦草地在第一页纸上写了一句话，两个男人都好奇地打量着她。写完后，她用抑扬顿挫的语调读道："西奥妮在借镜跃迁的过程中迷路了，她在一个陌生的地方，不知道怎样才能回家。"

她描述着最能说明白当下情况的画面，然后这些画面突然出现在了她身前的空气中——她一路以来的遭遇被一种半透明的幽灵般的影像呈现了出来。当第一幅图出现的时候，两个男人吓了一跳，接着，他们着迷地看着这些图像。

---

① 原文为法语。

② 原文为法语。

她放低便签簿，又写了些什么，接着读出来："西奥妮想知道她在哪儿。"

一张欧洲地图飘到了她面前，一个问号悬浮在地图上，在英格兰和法国之间，还有一个图钉晃动着。

"比利时。"[①] 第一个男人说道。他犹豫了一会儿，看了眼另一个男人，西奥妮觉得他大概是他的哥哥。然后用蹩脚的英语说："比利时。"

"比利时？"西奥妮重复道。图像消散了，就如同颜料被浸湿溶解了一样。我闻到了海的气味……那一定是英吉利海峡了。我通过镜子穿越了海峡。

她到底该怎么回去？

"玻璃匠？"她写下问题，然后在文字下画了一个简笔画小人，在小人的手中添了一面小镜子，"你们这儿有玻璃匠吗？"

她放下便签簿，走到窗子前，伸手敲了敲窗户的玻璃。

第一个男人转身对他的哥哥说："我觉得她就是他想找的人。她有一头橙红色的头发，而且还会纸魔法。"[②]

"纸。"西奥妮点头重复道，她现在至少知道这个单词了，"是的，纸。"

哥哥点点头，第一个男人比手势示意西奥妮跟着他进入房子深

① 原文为法语。
② 原文为法语。

处。他伸出手,西奥妮犹犹豫豫地将便签簿递了回去。或许这两个男人能慷慨地给她提供一顿简餐。她希望男人听到了她肚子咕咕叫的声音。

不过就算他真的听见了,他也没表现出来。

西奥妮跟着他穿过一间窄小但整洁的厨房,然后爬下一架陡峭的梯子,她的引导者必须得弓着腰,不然脑袋就会撞上天花板。在地下室中,她穿过了一扇关着的门,被男人带到了一间长方形的空屋子,房间的角落里堆着些板条箱,一面镜框都破损了的老镜子斜靠在墙上。

西奥妮刚一进门,便惊呆了。镜子旁边,站着格拉斯·寇伯特。他双臂交叠在宽阔的胸膛前。

"这是那个女孩吗? 还是另有其人? " [1]这个男人问道,当西奥妮想要退出房间时,他用手臂挡住了门。

"正是她,干得好。" [2]格拉斯用流利的法语回答道,他灰色的眼睛紧盯着西奥妮,她的心提到了嗓子眼儿,几乎都快要冒到嘴里了。"如果您不介意,给我们几分钟,好吗? " [3]

男人点点头,走出房间,带上了门。

西奥妮伸手去拉门把手。

"没用的。"格拉斯展开双臂,说道,"对于大海捞针这种事情,我

---

① 原文为法语。
② 原文为法语。
③ 原文为法语。

是再熟悉不过了，宝贝。不过当我是那根针的时候，没人能找到我。"他向前踏上一步，"我们的游戏，到此为止了。"

西奥妮颤抖着，"求，求你了，我没有你想要的东西。"她低声哀求，"放过我吧。"

"冒着再添些疤的风险？"他一边问道，一边用手揉搓着被黛丽拉击中的肋骨。弹孔还留在他的上衣上，从中露出的皮肤看起来却光滑无疤。在追踪她之前，格拉斯见过萨拉杰了吗？难道说那名血割者仍然潜伏在城中？还是格拉斯只是通过镜子找到他的？

西奥妮握紧门把手，却发现门已经被锁住了。而她连金属锁扣落下的声音都没听见。

她的饥饿感消失了，心沉了下去，泪水涌出了眼眶。

"我会按你说的做的。"她低声说，"她的血溅在了我的纸上，我用了一个幻象咒，但字却写在了她的血上，然后咒语就生效了。我就做了这些。求你，别伤害我的家人。"

格拉斯又向前了一步，接着再逼近一步。她的这番话并没有让他的表情起丝毫变化，就像戴着一张面具。西奥妮紧紧地盯着他——盯着他前额上抽动的青筋和眼里变幻莫测的荫翳，以至于他身后的镜子泛起漩涡都没有注意到。格拉斯一步步逼近她，突然，一个熟悉的声音在他身后响起，叫住了他。

"我们真的不要每次都这样见面了。"

西奥妮一直紧绷的神经突然完全放松了，力气似乎也随之被抽走,整个人几乎失去了平衡。格拉斯满面怒容地侧过身去,一边的肩膀仍然对着西奥妮。

艾默里出现在镜子的右侧,他没有穿靛蓝色长衫,整个人看起来阴郁、犀利,声音中也失去了平日里的戏谑。左侧则站着魔法师休斯,在这样的状况下,他看起来也太过平静了些。

镜面仍旧旋转着,但西奥妮不需要看到镜子那边的景象也能知道是谁在施法,魔法师阿维斯基。谢天谢地,她找到了她。

休斯说道:"特维尔小姐,很抱歉让你久等了。虽然找到了你,但镜子玻璃的质量不太好,我们费了好大劲儿才穿过来。"

两行热泪沿着西奥妮的面颊流了下来。"谢谢你们。"她啜泣着说。

艾默里盯着格拉斯。他的左手一直放在口袋里,或许正握着某种符咒。魔法师休斯则毫无掩饰地用右手捏着三个小橡皮球。

格拉斯挺直了身子,显得无比猖狂。"真不是时候,塞恩。"他说道,"我就快要完事儿了。"

休斯举起手,吸引了格拉斯的注意。这个男人警惕起来,准备面对一个魔咒,然而这时,艾默里却从裤子中抽出手来,将一堆蓝色的纸屑洒向空中,数不胜数的纸屑瞬间就将他淹没了。

然后,他消失了。

过了一会儿,西奥妮感到一只手握住了她的腰,只见艾默里将她护在了自己身后。他也去试了试那扇门,不出意料,门仍然是锁着的。

"我们还需要一面镜子,派翠丝!"艾默里喊道。

格拉斯笑了,退后两步,这样能同时看清楚两名魔法师的动作。他甚至还拍了拍手掌。"真精彩,真精彩。"他大笑着说,"三个对一个,不知为何,我仍然觉得自己占有先手。"

"格拉斯——"西奥妮刚想开口说话,艾默里就示意她安静。

"我们不和罪犯谈判,特维尔小姐。"休斯说,仍然捏着那些球,"我会用你鞋上的橡胶绞死你的,寇伯特。"

"嗯。"格拉斯一边揉着下巴,一边说道,"老家伙,你到底想干什么? 杀了我,还是救这个女孩? 我倒要看看你怎么才能同时达成这两个目标,还能留着一条老命。"

阿维斯基的声音从打着旋涡的镜子中断断续续地传来:"在楼上的洗手间里,有一面大小合适的镜子。"

格拉斯皱着眉头,"我只需要触碰一下你,艾尔弗雷德。"

休斯笑了,"我们知道你是什么人。别把我们当傻子玩儿。"

格拉斯满面怒容,西奥妮知道这怒火是冲她来的。

僵持了一会儿,格拉斯缓缓地转过身面向艾默里。他从腰带中抽出了一把玻璃匕首,用拇指摩挲着刀刃,上上下下地打量着纸魔法师。"你赢不到最后的。"格拉斯皮笑肉不笑地露出了一颗犬牙,"永远不可能。你赢不了我,赢不了萨拉杰。也赢不了里拉,她可是我最得意的作品。"

艾默里一言不发。

格拉斯的目光掠过艾默里，停留了一会儿。他斜视着西奥妮，说道："真是关怀备至。看来我本该在她身上也使使男人的手段的。"

艾默里的身子一僵，"在绞死你之前，我一定会亲眼看着他们割掉你的舌头，格拉斯。"

格拉斯举起了匕首，但休斯的动作更快。

他扔出了橡胶球，它们从地上反弹起来，以惊人的速度朝三个方向飞去。在墙壁和天花板上再次反弹，高速运动的橡皮球看起来像是三颗黑色的子弹。它们避开了休斯、艾默里和西奥妮，却不绕过格拉斯。其中的一个擦破了格拉斯的肩膀，它的尾迹呈现出一抹红色。它们迫使格拉斯东躲西闪，以免自己被击中。

西奥妮根本没机会看到格拉斯的反击。艾默里将她拉到门边，猛地一脚踢向木门把手旁边的位置，本来就不坚固的锁一下就废了，门被撞开，狠狠地砸在了旁边的墙上。艾默里拽着西奥妮的前臂，一路拉着她奔出房间，爬上梯子，经过厨房。之前应门的那个男人从水池子边走了过来，艾默里一个肘击将他推开，然后跑过厨房，来到走廊。他打开了一扇门，是卧室；再打开一扇，正是洗手间。一面大约三英尺高、两英尺宽的镜子歪歪斜斜地挂在洗手间白色的柜子上，柜子的漆面已经破碎不堪了。银色的镜面因为被施了转移咒而泛着漩涡。

放开西奥妮的手臂，艾默里将镜子从墙上拽下来，放在地板上。然后抓着她的肩膀，将她推进了镜子。寒冷与失重向她袭来，她的胃一阵痉挛，但她却没回到议会大厦。她根本没从镜子中穿出去。

她站在镜子中，四周都是泛着旋涡的银色墙壁，墙面坑洼不平。她的面前悬浮着一块银色的石头，颜色比墙稍微深一点；她的右侧则有一些形似牙齿的石笋矗立在银色的地面。头顶上方，很高的地方，飘着一朵看起来很坚固的云。西奥妮认出云的形状很像镜子上的某道刮痕。

黛丽拉曾经警告过她穿越不好的镜子很困难，现在大概正是那样的情况。

不久之后，艾默里出现在她身边。他低声咒骂了一句，再一次握住了西奥妮的手臂。"紧跟着我。"他说。

他领着她穿过石笋，向悬浮着的大石头走去。这石头也许是从镜子上剥落下来的残渣，也或许是一块污渍。他们低着头，战战兢兢地从石头下面经过，在完全经过石头前，都没有抬头。他们来到了那朵云的下面，云的样子很像镜子上蜘蛛网状的裂纹，看起来异常巨大，而且线条分明。艾默里将西奥妮拉到他的右边，然后两人都侧着身子，尽可能远地绕开蛛网。

终于，他们的面前出现了另一面泛着漩涡的明亮的墙壁。艾默里将西奥妮轻轻推向前去，她投入镜面冰冷的怀抱，穿了过去。

第十六章

西奥妮花了好一会儿时间才看清楚周围的环境，接着意识到了自己身处魔法师阿维斯基家中三楼上的一间长方形的小房间，房间里全是镜子。柔和的阳光从巨大的多窗格窗户中泻下来，洒在她的左侧，数十面镜子反射着阳光，镜子的玻璃完全由玻璃匠打造而成。镜子整整齐齐地挂在墙上，看得出经过了精心排列。镜框和大小皆不相同，其中一面的顶端还有黛丽拉做的笔记。地板上，放着一本翻开的书，名字叫《魔法花瓶的形状——给中级吹制工匠》，大约读了三分之一。

一双手握住了西奥妮的肩，黛丽拉的声音将她从愣神中唤了回来。

"哦,西奥妮!"她叫道,一把将西奥妮拖了出来,力气大得惊人。黛丽拉的眼眶中溢满了泪水,往常一丝不苟的头发也乱七八糟。玻璃匠学徒紧紧地拥抱着西奥妮,"我以为你死了!吓死我了!"

旁边的魔法师阿维斯基尽管不像黛丽拉表现得那么欣喜若狂,也开口道:"我们都被吓死了。"她的手仍然放在一面高大笔直的镜子上,在她的触摸之下,镜面呈漩涡状。

西奥妮回应了黛丽拉的拥抱。"艾默里。"她小声说道,话音刚落,纸魔法师就从微微发光的漩涡中冒了出来,他的手抓着魔法师休斯的前臂。这个皮匠看起来有些愣神,但并没有受伤。

休斯步履蹒跚地跨出镜框,靠着艾默里让自己站稳。

他们俩刚跨出镜子,阿维斯基就将手抽离了镜面,镜面恢复成正常的样子。她从另一侧扶住休斯。

"你还好吗?"她问道。

休斯点点头,"还好,他刚刚对我使用了一个闪光咒,现在我眼睛还有点儿花。"

黛丽拉悄悄对西奥妮说:"闪光咒能让玻璃表面反射更多的光线,使用镜子时魔咒的效果达到最佳。如果光源足够,能让人完全失明。"

阿维斯基听到了她们的谈话,皱了皱眉头,"但情况有些不同。"她一边说,一边将休斯引向房间角落的凳子,"闪光咒造成的眩晕会逐渐消失的。"

"我曾经中过的魔咒中，有后果远比这个严重的，派翠丝。"休斯笑道，"等我眨几下眼睛，就好了。"

"格、格拉斯怎么样了？"西奥妮问。她看了一眼艾默里，但他那双绿眼睛中似乎燃着熊熊火焰，她赶紧转开了视线，看向休斯。

他揉了揉眼睛，"很不幸，他跑掉了。不过我本来就不该抱太大希望。我们派人去了伦敦郊外的那个仓库，但还没有人回话，好消息和坏消息都没有。"

西奥妮的心沉了下去。

黛丽拉明显感觉到了她心情的变化，大声说："我必须得跟他们讲，西奥妮！别不高兴。"

"这事做得很对！"阿维斯基接过话来。她竟然能一边保持着薄唇紧闭，一边责备道："我的天，特维尔小姐，我们花了一天一夜的时间来找你。我都不敢想，如果幸运之神不垂青我们的话，会发生些什么！"

"的确如此。"艾默里用一种可以称得上冷冰冰的语气说道。他从一面挂着的镜子上拿起靛蓝色外套，搭在手臂上。

"我很抱歉。"西奥妮小声说，这时她多么希望自己是只寄生蟹，有个壳可以钻进去。她从腰带中拿出镜子碎片，递给阿维斯基。"这是我当时穿过的镜子的碎片，格拉斯将里拉藏在镜子对面的小屋中。"

阿维斯基接过碎片，"或许这还有点儿用。"

"我也这么觉得。"休斯说道,然后从椅子上向前倾了倾身子,又眨了几下眼睛,"你真应该加入刑侦局,西奥妮。你干了件蠢事儿,让我们一阵瞎找。但是我们从你鲁莽的行动中得到了不少有用的信息。"

西奥妮突然瞪大了眼睛,脚下一软,还好黛丽拉扔扶着她。"我的家人!"她叫道,挣开她的朋友,看向艾默里,"格拉斯说他会找我家人的麻烦,萨拉杰也会!他知道他们所有人的名字,艾默里!"

皮匠从椅子里站了起来,整了整马甲,"我担心他们真会把这个威胁付诸实践。像这种威胁,总是这样的。"他一边搓着自己的半撇胡子,一边思索,"我们得想想怎么安排特维尔一家。"

"请千万快一些。"西奥妮恳求道,"谢谢你们来找我,但我最担心的还是他们。马歇尔和玛歌,他们都还是孩子。我的父母们并不知道该去哪儿躲避——"

休斯朝着阿维斯基说:"如果可以的话,我想用用你的电报机。"

玻璃匠点点头。

艾默里从他俩身旁退开,一把抓过西奥妮的前臂。"跟我来。"他催促道。

但还没等到他将她带出房间,阿维斯基便说:"魔法师塞恩,在你把她带走之前,我希望能和特维尔小姐,还有黛丽拉谈谈。有一个很重要的问题——"

"抱歉,派翠丝。"艾默里回答道,声音不大但言辞犀利,"西奥妮是我的学徒，她的问题我会处理。"

他边说边将西奥妮拽出了放满镜子的房间，来到第二层，打开了一间浴室的门，将她拉了进去，然后才放开了她。

她向后退到了带足浴缸前，心跳如同擂鼓。艾默里打开了电灯，关上了门。

西奥妮擦了擦眼泪，说："艾默里，我——"

"抱歉？"他咬牙切齿地问道，"你很抱歉？该死的，西奥妮，你差点儿就死了！"

"你以为我不知道吗？"她反问道。

"你不知道。我觉得你毫无概念。"他回击道，"不然你就不会做出这么愚蠢的事情！那是格拉斯·寇伯特！不是大街上的毛贼！"

西奥妮吓了一跳。除了在他的第三心室中，艾默里还从来没有呵斥过她。

"万一萨拉杰也在那儿呢？"他问道，绿色的眼睛中怒火熊熊，"那样的话你现在就已经变成肉干了，而我们还要苦苦思索你他妈的到底去哪儿了！"

"黛丽拉是——"

"而且，你怎么还敢把黛丽拉也卷进来！"他打断了她，"你知道借镜跃迁是怎么操作的吗？他有可能杀掉你，再杀掉她！"

"我知道怎样操作它，我又不傻！"西奥妮喊了回去，"我还没有这么盲目！可这是我的责任——他们是为了我而来的，但是，我连坐在会议室里和你们一起讨论这件事情的资格都没有！我想我应该自己解决这件事情。"

"你想错了。"艾默里说，将手放到了后脑勺上，插入头发，就好像要把头发从头皮上扯下来似的，"西奥妮，你运气真的很好，但不能再这么以身犯险了。你又不是不会死。当你把自己置于险境的时候，你有想过我的感受吗？你就这么一意孤行，不管不顾！"

"如果我不冒险，你也许会死！"她反驳道，手一甩，差点儿把旁边洗脸池上的一块贝壳给碰下来，"眼看着周围的人都行动了起来，我怎么可能袖手旁观。"

"你不能阻止其他人。"艾默里回答道，音量稍稍降了点儿，接近于平时说话的声音了，"你不是上帝，现在你也该停止扮演上帝了。"

"你根本就不相信上帝。"西奥妮叉着双臂，嘲讽地说。她的喉咙中似乎堵了一块东西，眼里也盈满了泪水。她低头盯着地板上的一块污渍，想要将情绪克制下去。

"该死的，我信仰什么，你信仰什么，这个国家的其他人信仰什么，都不重要。"艾默里说，然后长叹了口气，"我搞不懂你，西奥妮。更搞不懂为什么你行动之前都不告诉我。你就这么不相信我吗？"

她抬起眼睛。他满脸愤怒，但眼中却有藏不住的受伤。

她的肩膀塌了下去，"我相信你。你知道的。但我不想看到你受伤，尤其不想看到你再次受伤。格拉斯的威胁中也提到了你。"

"威胁不过是威胁而已。"艾默里说，"这一路走来，如果我对什么威胁都要做出应对,那我早该休息了。"

他走上前去,摸了摸西奥妮的脸颊。她向后缩了一缩。他摸的地方正是格拉斯弄出的伤,现在还有些肿,一碰就疼。

"不过,我知道这不只是一个威胁。"艾默里说道,声音更小了,"我比你更了解格拉斯,他总是言出必行。你救了我的命,现在该轮到我救你了。我没办法对付里拉,但我能对付格拉斯和萨拉杰。你要知道,他们和里拉不一样。她是个新手。她和他们的差别,简直就是家中的小狗和野狼的差距。"

西奥妮的泪水终于忍不住决堤了,顺着她肿胀的脸颊流下来,浸湿了艾默里的拇指。"都是我的错。"她喃喃道,"都是因为我,我的家人才会有危险。我的天,他会杀了他们的……"

艾默里的手落到了西奥妮的肩上,将她拉到怀里,轻轻地抱住了她。他身上有股焦糖味,温馨甜蜜,就像是随身带着家的气息。西奥妮的泪水湿透了他的上衣衣领。

"我向你保证,会尽我所能地保护你的家人。"他说道,"格拉斯和萨拉杰或许只是虚张声势,那样最好。不过无论如何,他俩现在都归我管了。"

他放开了她,同时来自他的温暖也离开了她。艾默里打开门,消失在了走廊中。

西奥妮呆呆地站了一会儿,神情麻木,形容枯槁。她仿佛感觉到一道道裂痕在心脏上蔓延开来。接着,她摇了摇脑袋,转过身,朝纸魔法师离开的方向走去。

然后，她就看到了魔法师阿维斯基和黛丽拉，她俩从摆满镜子的房间出来，走下楼梯。

"我要和你谈谈，特维尔小姐。"阿维斯基双手交叉在胸前。在她旁边，黛丽拉盯着地板，似乎想要用目光将自己的鞋尖钉入木地板。"就现在的情况来看，我不能把你软禁起来，这让我深感遗憾。但是，如果你再敢这么做的话，我必须得考虑吊销你的学徒资格了。"

西奥妮自知理亏，将所有反驳的话都吞进了肚子里，开口说："这很合理。我很抱歉。黛丽拉，我不是故意的。"

黛丽拉只能耸耸肩。"大家都活蹦乱跳的，不是吗？"她问道，但语气中却全是忧虑。

她经过两位玻璃匠，朝前门走去，刚踏下一级楼梯，阿维斯基就叫住了她："你要去哪儿？"

"去找艾默里。"她说，完全没有注意到嘴里蹦出的是他的名字。阿维斯基的眉头锁得不能更深了。

她快步走下楼梯，还好脚踝尚且撑得住。她向前厅里看了看，然后沿着走廊走到饭厅。她循着艾默里的声音，经过正在厨房旁边发电报的魔法师休斯，来到了一楼最深处的一个小客厅中。

她发现艾默里坐在一张古董桌前，将电话机贴在耳朵上。

她听到了他的谈话的最后几个字。"——在外面。是的，谢谢。"

他挂断了电话。

"你要去干吗？"她问道，"你以为只要告诉我格拉斯和萨拉杰归你管了，我就能高枕无忧了？"

"在这件事情上，你没有发言权。"艾默里尽可能地放低声音，"更何况，这决定又不是我一个人做的。"

他绕过她，朝前门走去。

"我在这件事情上没有发言权？"西奥妮重复道，追上了他，"在经过这些事后，你还想让我什么都不知道，两眼一抹黑？"

艾默里苦笑了几声，停下了脚步。"要是能让你两眼一抹黑就好了。"他直言不讳地说道，语调平静，音量很低，免得被休斯听见，"但你从来都做不到。就算我跪下来求你，你都做不到，西奥妮。你就是根吹不灭的蜡烛。但现在，世界上最黑暗的一群人盯上了你，他们无法忍受光明。"

他摇了摇头，继续往前走。西奥妮跟着他到了走廊。

"我说了我很抱歉。"她说道，声音有些颤抖，"我真的非常抱歉，艾默里。别生我的气了。如果我能回到过去，我一定不会让这些事发生。"

"真是可惜，时间不是一种魔法介质。"他隔了好一会儿才打开前门，踏进午后的阳光中。他的目光越过房前狭窄的院落，在街上巡视着。他交叠着双臂，"我是很生气。我真的非常——"他停了一会儿，"——非常生你的气。但是我会照顾你的，西奥妮。我用生命发誓，我会照顾你的。"

西奥妮的心都绞痛了起来，虽然气温很高，手臂上还是起了一层鸡皮疙瘩。她盯着自己的脚，重复着唯一能够说出口的话："我很抱歉。"

几分钟过后，一辆小汽车停在了路边，艾默里朝它走去。那辆车并没有乘客，当司机从车上走下来时，西奥妮立马认出了他。

"朗斯顿。"她说。

艾默里说道："谢谢你。"

"别客气。"朗斯顿回答道。

艾默里转向西奥妮，"你要跟朗斯顿待上一阵子了，他会将你安顿妥帖的。"

西奥妮的下巴都快惊讶得掉在地上了，"我……你要将我调走？"

朗斯顿说："只是暂时的罢了。等到事情摆平，就恢复如常。我保证过你会安然无恙的，我这人十分警惕。"

但西奥妮却摇了摇脑袋。"我——我并不想安全。"她对艾默里说，"我只想跟你待在一起。"

艾默里避开了她的眼光，"照顾好她，我会尽量不花太长时间。"

"花太长时间？"西奥妮重复道，抓住了艾默里的衣袖，"你到底打算去做什么？"

"拜托了，西奥妮。"他说道，声音近乎耳语，"就算是为了我，听从我的安排。如果没有别的事儿，就上车吧。"

西奥妮抽回了手，感觉像是被艾默里扇了一巴掌，脸颊又开始抽痛。她一个字也说不出来，只能点点头。朗斯顿打开了汽车客座的车门。

艾默里转身回到了房子里，连句再见都没说。朗斯顿发动了汽车，而西奥妮仍然盯着那扇门，艾默里进门之后，没有再次出现。

第十七章

朗斯顿一边开车，一边向西奥妮问了几个简单的问题。自从小酒馆事件他在城里救了西奥妮之后，就一直满腹疑问。但是西奥妮只是望着车窗外，看着掠过的房屋，半点儿聊天的兴致都没有。过了几个街区，朗斯顿开始聊天气，聊大学的图书馆——那儿最近增订了好几份美国的报纸。他认为这些报纸比英国的"更加诚实"。

西奥妮贴在窗子上，看着汽车路过了她之前走过的那条路。那条路通往白教堂区的磨坊，也就是她的家人住的地方。这时候，她的父亲应该正在工作，母亲在准备晚餐，妹妹吉娜则抓紧开学前的自由时光，和朋友在外面玩儿。马歇尔很有可能正拿着一本书窝在沙发里；玛歌在室外玩儿泥巴、翻找虫子或是修筑城堡。

玛歌在室外，所有人都能看见她。西奥妮得提醒他们。

"你能送我去磨坊区吗？拜托了。"当朗斯顿刹车等待一位妇女过马路时，西奥妮向他央求道。

"真对不起。"朗斯顿回复道。他看起来的确很内疚，但同时，似乎也很想锁上小汽车客座的门，"魔法师塞恩让我直接把你带回我家。你是担心你的家人吗？"

西奥妮缩进了座位，"是的。"

"他们不会有事的。"朗斯顿说道，继续向前开，"魔法师塞恩思虑周全，刑侦局也涉事其中。说不定他们已经在那所房子里整装待发了，准备让所有事情回归正轨。"

西奥妮点了点头，但年轻折匠的话只能给她带来一点点的安慰。就像是冬日暴风雪中一条破旧的毯子，不管她将它裹得多紧，都没法儿填补那些破洞。

朗斯顿驶上一条离议会大厦不算太远的路，路的一侧是联排洋房，另一侧则是精品店。联排洋房——棕褐色的，白色的，灰色的，还有三文鱼粉色的——都有五层楼高，一栋连着一栋，就算是一只蚂蚁也无法从它们之间爬过。

朗斯顿停在了一栋以咖啡色为主，辅以黑色的洋房前，调转车头，方便西奥妮下车。他下车后朝西奥妮伸出了胳膊，她摇摇头拒绝了，跟在他身后走进了房子。

朗斯顿住在第二层，室内的装饰让西奥妮吃了一惊，虽然她也很难说出其中的原因。客厅很大，连着一间小餐厅，都铺着木地板。胡桃木色的地板被打磨得锃亮。电灯光从天花板上的单层枝形吊灯洒下来，搭配着奶油色窗帘的大窗户更是加强了室内的采光。客厅中放着一个躺椅式沙发，一把竹编椅子和一架立式钢琴。一个款式简单的书架嵌在墙上，上面放了半书架的书。书架墙的后面就是餐厅，里面摆放着一张制作精良的木桌和六把椅子。在房间一角是一间小小的厨房，另一角则是通往二楼的旋梯。

这里看起来是那么干净、整洁，和艾默里那拥挤的农舍比起来，显得非常敞亮。不过，这地方本来就该如此。西奥妮已经逐渐适应了艾默里的习惯，他会将家中的每一寸空间都利用起来，摆满了小玩意儿和各种没意义的装饰品。而朗斯顿的家则显得有些空空荡荡，像是个临时住所。对西奥妮来说，这正是她所希望的。

朗斯顿领她去看二楼的客房，面积是她在农舍的卧室的两倍。门对面的墙上是一扇巨大的正方形窗户，底部有一个宽阔的窗台。墙上的衣柜是嵌入式的，低矮的床头柜边沿绘制着紫色的百合花，宽大的床足足能容三个人睡下。

"走过过道就是浴室，衣柜里还有些衣服。"他指着衣柜说道，"几周前，我妹妹来跟我住过一阵，有些东西没带走。她跟你体格差不多，也可能稍微大一点点。你都可以试试。"

"谢谢你。"西奥妮疲惫地说道。她不安地动了动右手食指，回应她的是一阵沉默。

朗斯顿还想找些话说，但确实找不出话题。

"我能带回我的狗吗？"西奥妮问道，"我把它留在公寓里了——"

"我真的很抱歉。"朗斯顿回答，"但你必须得待在这里，我保证不会待太长时间。"

西奥妮点点头，朗斯顿离开了房间。

只剩她一个人时，西奥妮快步走到了窗户前。虽然房间里温度不低，但她却没有开窗。她望向城市，目光掠过栽种在道路旁边的小树，停在了戴着时髦帽子的女人们和抽着烟的男人们身上。他们看起来都那么快乐，对涌动的暗流浑然不觉。

她叹了口气，屈下膝盖，跪坐在地，将手肘和脸颊放在窗台上。艾默里仍然在生她的气，而且还占理。黛丽拉也是。还有魔法师阿维斯基。只有魔法师休斯赞美了她的愚蠢，而这种赞美只会雪上加霜。她绞尽脑汁，搜寻弥补的办法，但却一无所获。道歉似乎是唯一能做的，但对她现在的处境毫无帮助。

朗斯顿敲了敲门。"给，这个能帮你消肿。"他一边说，一边递给她一个装满了冰块的冰袋，很像艾默里放在自己冰箱里的那种。西奥妮拿了过来，手指顿时感到一阵清凉。

"谢谢。"她说。朗斯顿点了一下头，离开了。西奥妮将冰袋敷在脸上，皮肤碰到袋子，很是疼痛，脸部肌肉不由得抽搐了一下。她看起来一定糟糕极了。

她想要做些吃的，来表达对朗斯顿如此有耐心的感谢，但她发现自己一点儿做饭的兴致都没有。六点过十分，朗斯顿却给她捎来了一些饼干和蜂蜜。他真是一个很贴心的男人。她慢慢地吃了些东西，吃得很少。虽然长时间未曾进食，但现在她的肚子却一点儿也不饿。不过，她大口地喝光了同饼干一起送来的那杯水。她味同嚼蜡地吞咽着，牵挂着她的家人和黛丽拉，牵挂着艾默里。

她待到了凌晨才上床睡觉，睡下后依然辗转反侧。脑海里反复闪现着格拉斯的威胁、萨拉杰在造纸厂给她留下的阴影、那天夜晚的小汽车事故和集市遭遇。她想起了格拉斯说过的话："**一切都在材料之中……这种没什么转圜余地的话……**"

但西奥妮知道，没人能撕毁契约。在塔吉斯·普拉夫魔法学校里，她被反复灌输，选择一种介质——至少对那些有选择权的人来说——是一件极为重大的事情，决定着未来的魔法师生涯。在格拉斯生命中的某一时刻，在未经正规机构许可的情况下，他和玻璃达成了契约。从此，这一契约无法撤销。而未经许可签订契约本身就是一项重罪。

当西奥妮好不容易睡着了，她依然反复梦见镜子、艾默里、格拉斯。等到太阳升起，她终于有理由离开床了。

第二天早上，西奥妮还真翻出了一件她能穿的浅蓝色衬衣。大多数裙子对她来说，都太宽太长了，但在衣柜深处，她还是找出了一条浅灰色的过膝长裙——但比平日里她喜欢穿的要短一些。对朗斯顿的妹妹来说，这条裙子的长度大概只能到膝盖，这让西奥妮觉得她一定属于自由党。因为保守党派的女人不管有没有穿袜子，都不会露出那么长一截腿。西奥妮自己的裙子实在是太脏了，她穿上干净的裙子，将发夹别在裙子背面，缩紧腰带。她梳好了头发，但手边再没有别的发夹了，只好让两条辫子垂在肩上。

下了楼，她发现朗斯顿正坐在餐桌上一边吃一碗全麦粥，一边读着报纸科学版上的一篇名叫《聚酯纤维匠发明出了像蛋糕一样的聚苯乙烯塑料，但不确定该如何给其施咒》的文章。西奥妮走来的时候，他抬头看了一眼，然后仔细地擦了擦嘴。

"他那边有传来什么消息吗？"西奥妮问道。

朗斯顿摇了摇头，"恐怕没有。我为你弄些早餐吧？"

西奥妮瞧了一眼那碗看起来煮过头了的燕麦粥，说道："如果你愿意的话，我可以做些。你都有些什么食材？"

朗斯顿目瞪口呆地看了她一会儿，"呃……好吧，橱柜里有袋面粉。"

西奥妮勉强挤出一个真心的笑容，"我自己再找找看。"

她开始在厨房中翻找起米，很高兴地看到朗斯顿有一个大号电炉。这个男人将所有的食材和辅料都混在了一起，但西奥妮还是凑合着做出了一些炸番茄、椒盐蘑菇、水煮鸡蛋和血肠，尽管这些显然不是她的最佳水准。朗斯顿看起来毫不介意——他觉得光是番茄就足够做一顿饭了。西奥妮认定这个男人需要立马结婚，甚至还寻思着能不能硬拉黛丽拉来跟他约会。不过,她随即放弃了这个想法。

两人吃完早餐,紧接着陷入了一阵沉默。西奥妮开口说道:"那么……"她用手指捏住裙子,想把它掖在腿下。倒不是担心折匠看见,饭桌已经完完全全地遮挡住了她的腿。"你最近在忙什么?你说会议被取消了……"

他从报纸中抬起头来。

"就在我刚遇见你时。"她把话说完。

他思考了片刻,然后坐直了身子,"哦,是的,我想起来了。那其实是和西纳德·穆勒以及普拉夫学院董事会的会议。我们重新约在了第二天。"

西奥妮点点头,在听到西纳德·穆勒的名字时努力克制自己皱眉头的冲动。塔吉斯·普拉夫魔法学校有一项十分出名的奖学金是以"穆勒"命名的。西奥妮曾有机会获得这笔奖学金,却又被取消了资格,因为她把一瓶昂贵的红酒倒在了这个男人的腿上。他活该,谁让他把手伸进她的裙子。

她再次抓紧了裙子的布料,"讨论奖学金的事?"

朗斯顿摇了摇头,否认道:"哦,并不是,只是讨论课程安排。塔吉斯·普拉夫魔法学校想要在第二学期增加折纸课程,激发学生们对纸魔法的兴趣,改善纸魔法师短缺的现状。"

"是必修课吗?"西奥妮问道。当她在塔吉斯·普拉夫魔法学校学习的时候,一年的课程量已经让人喘不过气来了。他们怎么能再加课!

"这个嘛。"朗斯顿一边玩着报纸角,一边说,"我想最好是选修课,并且不计入总成绩。如果是为了激发学生的兴趣,就该让他们自主选择。但是穆勒教授觉得如果不作为必修课,或者不计学分,根本不会有人去选。"

"你会去授课?"

"或许吧。"朗斯顿说,"也或许我们会把它搞成个社团,就像学校的职业日那样。我只需要展示一些基本的技艺,一些能引发学生兴趣的玩意儿——动画、幸运表格、星光之类的。"

西奥妮松开了裙子,"星光?"

"你不知道那个?"朗斯顿问道,"也是,那些玩意儿很小,看起来就像是亮晶晶的漂亮小星星,用在生日聚会上特别合适,停电时也能用。城市里就有很多。"

西奥妮笑了,玛歌肯定会喜欢这种东西的!"你能给我演示一下吗?拜托。"

"啊……好吧,当然。我来演示一下。"

他盯着报纸看了一会儿,陷入了思考。最后还是从桌旁站了起来,走向客厅的桌子,上面放了几摞纸。他选了些黄色和粉色的长方形纸张,拿出一把剪刀,回到餐桌。

"好了,你剪下一条纸。"他一边说,一边沿着黄色纸张的长边剪下一条来。

"尺寸有什么要求吗？"

"呃……没有吧。我觉得没有。"他一边回答，一边完成了这一步，"接着，你要像折狗耳朵那样……你知道怎么折狗耳朵吗？"

"你做就好了。"西奥妮说，"我自己会看。"

朗斯顿点点头，看起来舒了口气，开始折叠起星星来。他那又短又粗的手指折起纸来却很灵活。他将长条的一部分折成了一个五边形结，但却没有将边压平。接着，他将剩余的部分像绑绷带一样裹上已经叠好的小的五边形结，将余下的纸塞进五边形中。最后，他小心翼翼地用小指按压五边形的每条边，直到一个星星成形。

他将星星放在掌中，下达指令："发光。"如同他在纸中点亮了一根火柴，星星从内部发出了柔和的亮光。在早晨明亮的日光中，西奥妮要将手捧成杯子的形状，罩在星星上才能看见那柔和的光亮。光芒很稳定，长明不灭，直到朗斯顿说："停止。"

"真神奇。"西奥妮说，"如果你不介意的话，我想试试。"

西奥妮剪下一条纸，按照记忆中朗斯顿的动作开始折叠起来。但途中她还是暂停了两次，询问步骤。因为在朗斯顿折叠的过程中，有些细节被他的大手挡住了。当她完成后，一个发着柔和亮光的粉色星星出现在她手中。那么简单，却如此美丽。

"这肯定能做成一条非常漂亮的项链，而且还不易碎。"她评价道。她很想知道，如果她像艾默里给发夹上色那样给星星上色，星星还会不会发光。

一想到艾默里，她的喜悦就消散了。她命令星星："停止。"

朗斯顿从椅子上站了起来。

"你有枪械吗？"西奥妮放下星星，询问道。上中学时，她偶尔会为了某些事特别烦心，她的父亲就会带她去郊外用霰弹猎枪打猎。用力拉开保险，然后听到震耳欲聋的枪声，这么做总是能让她放空。

朗斯顿的脸顿时失了血色。"我……好吧，你看，我并不打算放你出去，你又不能在这里使用枪械。"他挠了挠后颈，"我不是很会教课——至少现在还不太会——但我有好些你可以读的书。也许你能从中发现一些魔法师塞恩没有教你的东西。"

"或许吧。"西奥妮同意道，瘫倒在椅子上，"如果你不介意，我自己去翻翻看。"

"当然。"

西奥妮撑着桌子站起来，收拾好碗碟，默默地洗干净。然后开始挑书，好不容易才找到了一本不是教材的书——《简·爱》。趁朗斯顿没注意的时候，她从他的桌子上拿了一张纸和一支笔，然后回到了楼上的客房中去。

她坐在床上，用小说垫着纸，弓下身子写道：请你们相信我，赶快离开家，随便去哪儿度个假吧。我会寄钱过来的。动作要快。

她反复读着写下的话，咬了咬下唇。她只知道刑侦局已经采取了行动，但不知道他们会不会用她的家人作诱饵，吸引格拉斯和萨拉杰前来。这个想法让她的胃翻腾起来。

他俩用不了多久就会开始兑现威胁。而且对于萨拉杰来说，这不过是举手之劳，只需一次触碰。

她想起了那个小汽车司机，打了个寒战。她趴在地板上，偷偷地折出了一只纸鹤。

"呼吸。"她命令道。

纸鹤伸展开双翅，朝着她抬起了三角形的头。

她把地址告诉了它。

"如果没人在家，就直接回来通知我。"她说。

纸鹤在她掌中扇动翅膀。西奥妮将窗户打开了一条缝，刚好让纸鹤飞出去。它白色的身躯飞过楼下的街道，越过另一排洋房，消失在西奥妮的视线中。她长叹一声，关上窗户。她讨厌被蒙在鼓里。

斜靠在窗台上，她望着窗下的街道，道旁矗立着玻璃匠制作的路灯。她恨不得从《简·爱》中撕下一页纸，制作一个简易的望远镜。她在来来往往的小汽车中搜寻，搜寻一个穿着靛蓝色长衫的男人。他没有出现。

"我很生你的气。"

西奥妮将前额抵在玻璃上，喃喃说道："我很抱歉。"她不知道该怎样将这份歉意传达给他。*我很笨，从不多想，我很抱歉让黛丽拉、魔法师休斯和你身陷险境。但请你相信我。如果我能回到过去，一定会阻止那时的自己。我爱你。*

她摸着自己的脸颊，戳了戳正在消散的瘀青。真是活该。

她在窗前待了很久，看着行人来来往往，街上每次出现租用的小汽车，她都紧张得屏住了呼吸。

但艾默里并没有回来。

第十八章

读了五十页《简·爱》,洗了衣服,向朗斯顿展示了肉汁正确的烹饪方式,西奥妮终于在正常的时间洗澡上床了。明早就能穿上长度合适的裙子了,这给她带来了些许安慰。虽然她仍然睡得不好,但已经比前一天晚上进步多了。

她看向窗子,寻找派出的白色小纸鹤,它还没有回来。她希望纸鹤安全地到达了目的地。但如果纸鹤真的被人收到了,就意味着她的家人仍然留在磨坊区。或者有其他人收到了纸鹤,她能大概猜出是谁。

她又开始反胃,只好将手伸进衬衣中揉了揉。朗斯顿有电话,不是吗?或许她可以给魔法师阿维斯基打个电话,了解些情况。什么情况都行。不然她真的会像软绵绵的苏芙蕾一样瘫倒的。

当西奥妮走下楼时，她听到朗斯顿正在客厅中和人谈话。只下了几级楼梯，她就听出了对方的声音，使她差点儿摔倒在通往一层的剩下的阶梯上。她的心脏再一次提到了嗓子眼儿。

她快速跑向前厅，"艾默里……我是说，魔法师塞恩。"

艾默里站在前门处，没穿靛蓝色外衣，事实上，他什么外衣都没穿，只穿了一件白色的长袖纽扣衬衣，搭配深灰色休闲裤。如果再系上一条领带，看上去就像是个准备去办公室上班的人了。他刮了胡子，还剪了头发。头发的变化不大，就是短了些，更精神了。

他悠闲地将双臂交叉在胸前，靠向左侧。他看到了她，眼睛里的火焰一闪而灭。

他真俊美。

朗斯顿站在他身边，穿戴得整整齐齐，两根吊裤带挂在肩膀上。西奥妮一时间忘记了要去探听他们在讨论些什么，回过神后，她自责不已。根据两人的表情推断，他们的谈话应该与她有关。

西奥妮上前拍拍他的背，努力不要脸红，"我……没想到这么快就能看到你。"只是暗自希望。

"我们有些事情需要讨论。"艾默里说。他听起来并不生气，只是有些无奈。到底是因为什么而无奈，西奥妮就不得而知了。因为艾默里又藏起了脸上的表情，她无法从他的眼中读出被隐藏的秘密。该死的，到底是谁教会他的！

朗斯顿说："你有什么东西要带走吗？"

"只有我的鞋。"西奥妮说道，又觉得有些不安，便加上了一句，"我马上去拿。"

她赶快跑上楼，拿出昨天穿过的那双牛津鞋。花了点儿时间做了几个深呼吸，抖了抖肩膀，捏了捏脸颊，接着跑下楼。

艾默里打开了门，"再次感谢你，朗斯顿。如果需要推荐信的话，记得来找我。"

朗斯顿点点头，接着想向西奥妮摘帽致意，但突然意识到自己没有戴帽子。只好点了下头，说道："日安。多加保重。"

西奥妮感谢了他，走进玄关。艾默里一只手放在她纤细的背上，带她走到门口，另一只手从口袋中掏出了一只纸鹤，纸鹤的右翅已经被压皱了。正是西奥妮派出的纸鹤。

"这可不是什么好主意。"他说。

她的心沉了下去。他去了她的家，"我家人怎么样了？"

"他们离开伦敦了，很安全。"

"谢谢你。"

他点点头。

她深吸了一口气，"你见过我的父母了？"

"见过了。"

她拧紧了裙子，"我真的很抱歉，艾默里。"

"我知道。"他轻轻地说，"做都已经做了，何况到最后也改变不了什么。"

"不能改变什么？"她问道，但艾默里却没有解释。他领着她走出洋房，坐上等着他们的、已经点燃了火的小汽车。

西奥妮注意到了座位下放着的箱子，"你回家了吗？"

"回去看了一眼。"

他们坐好，小汽车发动了。艾默里问："还有什么事是我需要知道而你忘记告诉我了的吗？"

西奥妮摇摇头，"没有了，除了我把你的滑翔机弄丢了。我乘着那个去的仓库。"

"嗯。"他点着头回答道，"我希望你关上了房顶。"

她并没有。

他们静静地坐着。西奥妮揉搓着她的裙子，一颗纽扣都被她揉松了。艾默里注意到了，他握住她的手，阻止了她再继续拧下去。

"我不是一个会将自己的过去讲述给他人听的人。"他说道，眼睛凝视着她的手，"但我的一生中确实失去过不少东西——都是些很重要的东西。我不想再失去你，西奥妮。不管你是怎么想的，但我真的在乎你。你不仅是我的学徒，还是我的管家，我已经把你当作了自己的私人财产。"

听到这些话，西奥妮的心里小鹿乱撞，胸口热乎乎的。

艾默里向后靠在小汽车的椅背上，"正如我曾经许诺的那样，你的家人都很安全。他们会被保护着，直到一切尘埃落定。"

"谢谢你。"她低声说。

"你要和魔法师阿维斯基住一阵子。她已经答应了,并会保证你的安全。"他补充道,"我想黛丽拉会很高兴有你做伴的。"

西奥妮本来想问候一下黛丽拉,但突然改口道:"为什么我要和魔法师阿维斯基待在一起?你要去哪儿?"

她看了一眼箱子,接着望向窗外,目光扫过行经的商店:布里格斯药店、伍尔夫笔店。这不是去阿维斯基家的路。她看着沐浴在清晨的阳光中的房子和路牌掠过,身子一点一点凉了下去,"你要离开。我们在往火车站走。"

"真聪明。"艾默里说。

她扭转身子看着他,"你要去哪儿?要去干什么?"

他没有看她,"做我曾经做了很多年的事情。"

"你要去追捕格拉斯。"她哑声说道,音量放得很低,免得被司机听见,"你要一个人去追捕他。而你才因为我擅自去找他责备了我。"

他也转脸面向她,两个人的脸凑得很近很近。

"这不一样,西奥妮。我有经验。而且这是刑侦局做出的决定。还有,我并不是去追踪格拉斯。"

西奥妮的愤怒被冲散了,取而代之的是恐惧,惹得她一个激灵。"萨拉杰。"她低语道,"你是去追捕萨拉杰。"

他皱了皱眉,但点点头。

当人行道的时钟指针指向八点时,小汽车停在了火车站外面。

西奥妮抓着艾默里的胳膊，不让他离开。"不要，艾默里！"她请求道，使劲眨眼不让泪水流下来，"你连他在哪儿都不知道！你要去哪儿？你要走多久？"

"我也不知道，就算知道也不能告诉你。"他回答道，看起来……有些内疚。

西奥妮张嘴想要回应艾默里，但转而向司机说道："您能暂时离开车子一会儿吗？拜托。"

司机点点头，钻出了小汽车，看起来对这一安排颇为满意。他从口袋中掏出了烟和火柴。

"我历经艰险只是想让你活着。"西奥妮说，"然而现在你要去找死！"

艾默里竟然笑了，"你就这么不相信我。"

"你要去追踪一个一挥手就能杀人的人。"西奥妮哭了出来，"再考虑一下吧，求你了。要我做什么都行。我再也不离开农舍了。如果你想，也可以把我调走。我可以把奖学金全还给你。只是，千万，千万别离开。"

艾默里的表情变得柔和了。他举起手，温柔地抚摸西奥妮脸颊上的瘀青，那份体贴使得她的下巴和脖颈都有了触电般的感觉。"没人比我更了解如何对付这些人，西奥妮。"他说，"这样做，我就能确保你的安全。在这件事情上，请你一定要相信我。这一次，我心意已定，你改变不了。"

他将西奥妮的一缕头发别在她的耳后，然后撤回身子，拿出后座下的箱子。西奥妮看着他，一言不发，四肢僵硬。胸腔里的心跳渐渐放缓，手指开始颤抖起来。

艾默里打开了车门，走进了阳光中。

他即将要独自一人去面对萨拉杰·培伦提了。

这或许是西奥妮最后一次看到他。

"我真的在乎你。"

她透过没玻璃的车窗望着他走向车站，他手里提着箱子，阳光洒在乌黑的头发上泛着金色。

她的脉搏又加快了，皮肤随着每一次心跳抽动着。她爬过车后座，抓住门闩，几乎是用脚踢开了车门。她跳下车，晨光映在她的眼中，闪闪发亮。

接着她大喊道："如果你要死，先亲了我再去死！"

艾默里停下了脚步，同时停下的还有另外两个走向车站的人。他转过身来看着她，阳光流泻在他身上，如有圣光。

他朝汽车走过来，西奥妮双颊绯红。她惹他生气了吗？还是他真的打算……

艾默里放下行李，一只手揽过西奥妮的腰，另一只手抚摸着西奥妮受伤的脸颊，将她拉入怀中。

他缓缓地朝右边偏过头，弯下腰，吻上了她的唇。

他温软的双唇印在西奥妮的唇上，她顿时觉得头晕目眩，天旋地转。太阳明亮的光束似乎刺穿了她的身体，整座城市也片片凋落。

她闭上眼睛，双手缠上了艾默里的脖子，如同在想象中无数次上演的那样，回吻他。她微微翕开和他紧贴着的嘴唇，品尝着他。

他们似乎吻到了天荒地老，但实际上只有一小会儿。艾默里慢慢撤回了身子，西奥妮却仍渴望着他。她凝视着那双漂亮的绿眼睛，有一瞬间，她在那双眸子里看到了一切——他的心脏的每一个角落，他的过去在她记忆中仍旧鲜活如新；她还看见了认识他三个月以来，他的每一个笑容和每一次欲说还休。

艾默里又吻了吻她的额头，退开一步，拿起箱子。他没再说什么，向火车站走去。西奥妮默然无语。已经没有什么需要用言语去表达的了。

以某种方式，他们将要说的话都说完了。西奥妮目送着纸魔法师离开，双手攫住狂跳的心脏。他渐行渐远，最终看不见了，西奥妮只好回到小汽车，告诉了司机魔法师阿维斯基家的地址，然后默默祈祷着艾默里能完好无损地回到她身边。

第十九章

西奥妮在魔法师阿维斯基家门口下了车，向司机道了谢。阿维斯基的家是一栋高大的哥特式建筑，独自占据了一个街角。这条街连通着郊区和主城区。炭黑色的瓦片覆盖着三角形房顶和角楼，角楼后面是一个烟囱，烟囱并没有冒烟。在低矮、细长的篱笆后面是一条长长的门廊。装饰性的立柱支撑着楼房的第二层，看起来就像是从巨大的客厅座椅上卸下来的椅腿。西奥妮来过她家三次，一次是塔吉斯·普拉夫魔法学校毕业庆典——这还是在阿维斯基宣布她被分配成了折匠之前；一次是为了拜访黛丽拉；还有一次就是两天前，阿维斯基将她从比利时那间可怕的地下室带回来。

但是当西奥妮走上楼梯时，还是为阿维斯基没有在门口迎接她小小地吃了一惊。她的步伐很沉重，所有的心思都还徘徊在火车站。艾默里这时候已经上车了吧？要是她能跟着他，找出他的目的地就好了。肯定不会是太远的地方，除非萨拉杰已经离开英格兰了。如果那个极度危险的血割者离开了，西奥妮希望魔法内阁能就此收手，让艾默里留下。

她一边按门铃，一边用两根手指揉搓着胸口，企图舒缓肺部间的疼痛。她觉得那里出现了一处大峡谷，就像她曾在艾默里心脏中看到的那种。如果他回不来，她知道自己会以这处峡谷为界，被生生撕裂。刑侦局能够保护她的家人，为什么却不保护她爱的这个男人？

她舔了舔嘴唇，真得感谢自己绝佳的记忆力，不管发生了什么，她都能从头到尾地回想起来，不放过一分一秒的细节。她一闭上双眼，回味那个吻，双腿就会发软。哦，艾默里，你千万要活着。

没人应门，西奥妮开始敲门。她很想知道能不能回公寓拿回自己的东西，但取东西这种事，对两位玻璃匠来说是小菜一碟。而且她只是临时住在这儿，顶多一周，好吧，或许是两周。

从门前退开几步，西奥妮看向火车站的方向，努力地从城市各种嘈杂的声音中分辨出火车的汽笛声。但她什么都没有听到，四下一片寂静，只有苹果树中的鸣禽在鸣唱，那些苹果树遮蔽了阿维斯基的半个院子。

她叹了口气，试着转动了一下门把手。门没锁，她走了进去。

门对面是通往二楼的楼梯，还有一道伸向房间深处的走廊。西奥妮看向前厅，阳光从拉着的百叶窗缝隙中透过来，照亮了房间。

"魔法师阿维斯基？"西奥妮喊道，"黛丽拉？"

她们都不在，这很奇怪。按理来说，魔法师阿维斯基应该正等着西奥妮到来才是。她那么严谨，不可能不在。

她心里突然一紧，感觉有只虫子在皮肤上爬。她一掌拍向脖子后面，却发现只是一缕头发罢了。

她脱掉了鞋——魔法师阿维斯基特别要求不能穿鞋踩在地毯上，然后爬上十一级台阶来到二楼，二楼有一间图书室、一间起居室，长走廊两旁是卧室的门，墙上挂满了镜子。黛丽拉的房间是右手边第三间，但她不在那里。浴室也没人。西奥妮又找到了一间房间，根据大小和装潢来看，应该是阿维斯基的房间，也没人。

她听到三楼有脚步声，或许她们在三楼的书房或者镜室。很有可能黛丽拉正在上课。

西奥妮绕到最后一层楼梯前，爬了上去，地板在她的脚下嘎吱作响。和艾默里的农舍不同，阿维斯基家的三楼很窄小，只有三个房间——一间大镜室，黛丽拉常在这里做功课；阿维斯基的书房；还有一个小的储藏室。

"魔法师阿维斯基？"西奥妮叫道。她伸手去开镜室的门，但还没等她碰到把手，门就摇摇晃晃地打开了。眼前的男人露出闪闪发光的锋利犬牙，身体几乎把门给占满了。

"你好,宝贝。"格拉斯狞笑道。

西奥妮倒吸一口冷气,尖叫起来,跌跌撞撞地向后退去。格拉斯迅速地伸出肥厚的手掌,抓住了她脖子与肩之间的部位,指甲掐入了她的皮肤。他将西奥妮拖入镜室,镜室的窗户没关,整个房间都沐浴在阳光中。但乌云已经一点一点地爬上了天空。

格拉斯将西奥妮举起来,两人四目对视。她的脚离开了地面。他嘴咧得更大了,然后猛地将她扔到了地板上。她的膝盖在木质地板上砸得砰一声响,左膝的皮肤破了,关节也几乎快要散架。西奥妮终于能呼吸了,不过喘息中好像混杂着呜咽。

西奥妮颤颤巍巍地直起身来,第一眼看到的是自己的影像映在身旁墙上的古董镜子中。头顶是两扇巨大的多窗格窗户,窗户之间的镜子比之前她见到的还多,桌子上满是吹制的玻璃器皿、玻璃弹珠和玻璃碎片。然后,她看见一面高大的玻璃匠制玻璃打造的镜子,其中映着黛丽拉的影像——正是她从比利时回来时踏出的那面。

黛丽拉拖着脚向前爬了几步。黛丽拉被粗糙的绳子绑在一把椅子上,白色的手帕被打成死结塞在她的嘴里。她想喊叫,但被帕子堵住了嘴。泪水从她那双棕色的大眼睛中流了下来。

在她的身旁站着——不对,是吊着——魔法师阿维斯基,她的脚趾点在地上,双臂高举过头顶,被更多的绳子绑住,挂在天花板的挂钩上。这个挂钩本来是用来挂枝形吊灯的。她的头垂向一侧,眼镜被弯折了,耷拉在鼻梁上,右眼的镜片已经裂开。

她失去了意识，双手惨白，印堂发紫。

"不！"西奥妮高声喊道，朝魔法师跑过去。但格拉斯抓住了她的头发将她拖了回去，几缕橘色头发被扯了下来。西奥妮的后背和格拉斯宽阔的胸膛撞在了一起，他用粗壮的手臂圈住了她的脖子。

"我正好希望你能在场，西奥妮。"他贴着她的耳根低声说道，就像一条毒蛇。黛丽拉在椅子里扭动着，叫喊着，却因为嘴里的帕子发不出声。"我认为你应该是第一个得知我的小秘密的人。满欧洲追着你跑，给了我思考的时间；当然，也多亏了你跟我讲的关于里拉的事。"

"让她们走！"西奥妮恳求道。她用指甲掐着格拉斯的手臂，但伤不了他分毫。她踢着腿，可没有一个角度踢到他，"求你了，我什么都肯做，只求你让她们离开。她们与这件事没有关系。"

"哦，怎么会没关系？"格拉斯说。他放开了西奥妮，将她的身子转过来对着他，再把她一把推到墙上。一面长方形的小镜子被震到了地上，碎成了三片。剧烈的疼痛从她的肩胛骨处扩散开来。

"她们都脱不了干系。"他继续说道，"我不会放过她们的。我还要让你在旁边看着，让你亲身体验那种你爱的人要死了，你却束手无策的感觉。"

"她没有死！"西奥妮反驳道，"里拉只不过是冻住了——"

"我会救出里拉的。"格拉斯回击道。他伸出手，用指关节碾压西奥妮脸颊上的瘀青，她忍不住叫出声来。"我会救出里拉的。我现在全都明白了；不过，首先我要得到力量。这回，我可不会让你再挡我的道了。"

他将她从墙上拽下来，一只手撑在她的腋下，一只手抓着她的脖子，将她狠狠地扔向了窗户。西奥妮挣扎着，想要挪开扼住她喉管的手指。

格拉斯的嘴角勾起一抹阴冷的笑容，命令道："破碎。"

窗户碎裂开来，玻璃碎片哗啦啦地泻下来，飞溅到西奥妮的肩膀上，穿透了她的上衣和衬衫，刺入皮肤，划开裙子和袜子的布料。她想尖叫，但却呛住了。像是有成百上千的小匕首刺入了她的腿和膝盖，也像是带火的箭镞扎进身体。一条条鲜血汇成溪流淌过她的皮肤。

她喘息着，有如一条涸辙之鲋。格拉斯放开双手，任由她像一个破娃娃一样瘫倒在地。婴儿指甲盖大小的玻璃碎片有的镶嵌在她的掌中，有的如繁星般点缀在她的臂膀上。鲜血浸透了衣袖，通过镜子，她能看见背部也是血迹斑斑。

被玻璃割伤了的皮肤有灼烧般的疼痛，由此看来，她的血液也变成了酸性的。

她努力挪动，想直起身子，但那些带着怒火的碎片深埋在皮肤之下，像火热的煤炭一样烧着。她气喘吁吁，四肢无力地瘫倒在地板上，更多的玻璃碴刺入了脸颊。

格拉斯搓搓手掌，狞笑着。"你看，西奥妮。"他一边说，一边向黛丽拉和阿维斯基走去，"这的确与誓言有关，与介质有关。"他拍了拍黛丽拉的脸，她立刻僵住了。"我一直想着里拉，我亲爱的里拉，想着该如何解除你施与她的可恶的魔咒。我知道我能够逆转它。对，逆转，这能说得通，对吧？逆转魔咒。"

"凝固也是魔咒之一，你知道的。"他继续说道，两只手还在背后拍着掌，"但所有的魔咒都有终止的方法，比如说，一个'停止'指令。所以，为什么凝固魔咒没有呢？"

西奥妮屏住了呼吸，想要移动身体，但碎片在皮肤下游走着。她的手在血泊中打滑，她再次瘫倒在地板上。

格拉斯得意地笑着，走近她，"我钻研、实验、练习，就像是一个勤奋的学徒。但仍有什么东西被我忽视了。所以我只好另辟蹊径，认真分析我想要达成的目标究竟是什么。昨天晚上，当我盯着你留在小餐馆中的镜子发呆时，终于醍醐灌顶。你想知道我学到了什么吗？"

西奥妮的手指在地板上挪动，抓住了一片沾满血的三角形玻璃。

"我！"格拉斯夸张地高举着双手，宣布道，"被我忽略的部分是我自己。我很聪明，对吧？"

"黛丽……拉。"西奥妮呻吟着，试图滑过地板。她感到背上有温热的液体在冒泡，不由得向后缩了一缩。

"看到没？"格拉斯问道，又向黛丽拉和魔法师阿维斯基的方向蹿去，"我就是那把钥匙！我必须解除自己和玻璃的契约。"

西奥妮眨眨眼睛，花了好一会儿才明白过来他在说什么，"求——求你……"

格拉斯居高临下地对她说："让我来给你演示一下，解释起来太花时间。首先，你得有原始材料，我向来这么称呼它。"

他从腰带上解下一个小包，将其中的东西倒在桌子上，褐色的细沙铺洒在桌面。这是玻璃吹制匠的沙子，专门用来制作玻璃。原始材料……是指能够铸成介质的自然原料吗？

"然后，"他继续说道，"就是逆转整个过程，尤其是要逆转许下的誓言。你还记得那些誓言吗？"

西奥妮的头发垂下来遮住了她的眼睛。

"快点儿。"格拉斯一边催促，一边抽出一把玻璃匕首，抵住了黛丽拉的脖颈，刀刃轻轻地划过她的肌肤，惹得她压抑地啜泣起来，"快告诉我那些誓言。"

西奥妮不由自主地颤抖起来。

"由，由人所铸……之介质，"西奥妮低声说，"吾召唤汝，与，与吾相契……"

"对，就是它。"格拉斯打断了她断断续续的话语。他将右手伸入沙子中，然后说道："现在，精彩的来了：由天所生之介质，汝主相召。吾与汝相连之日，即解约之时。"

西奥妮脖子的一侧全是一道道的血迹，她能感觉到每道伤口中的脉动，每道都向她嚣叫着黛丽拉的名字。

"接下来，就是和我自己订立契约了。"格拉斯继续说，收回右手抚上自己的胸口，说道，"由人所铸之介质，吾召唤汝。吾与汝相连之日，即订约之时。"

他收回手，弯下腰，逼视着西奥妮的眼睛。

"然后呢，"他低沉而缓慢地说道，"你就该和新的介质订下契约了。我承诺过要向你展示的，对吧？"

他站起来，将黛丽拉的椅子推向墙面，用手指捏住她的脖子。

"不要！"西奥妮大喊道，挣扎着想从地面上站起来，但双膝一软，又滑倒在血泊中。整个人如被电击，疼痛从双腿传递到肩胛骨，让她几乎不能呼吸。

"你在看吗？"格拉斯问道，眼睛却锁定着黛丽拉，"由人所铸之介质，汝主相召。"

"西奥妮，你知不知道被血割者触碰后会怎样？"

"不要，格拉斯！"西奥妮哭喊着，挣扎着。她的手臂像是燃了起来，背部的伤口也迸裂开来，鲜血涌出，浸透了整个身躯。

"汝与吾契，不归尘土——"

西奥妮撑着那面古董镜子站了起来。

"不违此约。"格拉斯说完了最后一句。

黛丽拉突然被呛住了，鲜血从鼻腔中涌了出来。她双目圆睁，瞪着格拉斯，眼神中满是惊恐。然后，渐渐翻出了白眼。

格拉斯放开手，她瘫软在椅子上。

"不要！"西奥妮尖叫道，向她跑去，"黛丽拉，别！不要！"

格拉斯一甩手，撞向西奥妮的胸膛。她再次向后倒在地上，背上的玻璃碎片扎得更深了。她不由得大叫了一声，一舔嘴唇，全是血腥味，眼前也蒙上了一层血霾。

"哦，我还没做完呢。"格拉斯一边说，一边活动着他的手掌。他笑了起来，转向魔法师阿维斯基。

西奥妮的心脏猛烈地跳动着，每一下都伴随着浑身剧烈的疼痛。当格拉斯走近阿维斯基时，她试图站起来，然而四肢酸软无力。太痛了。她从来没有受过这样的伤，说是粉身碎骨、心神俱恸都不为过。

她看着像是个纸娃娃似的黛丽拉。

她看着身边散落在地板上的玻璃碎片，就像是奇形怪状的钻石。

散落在地板上。

木质地板。

西奥妮没有纸，但她有这个。

她将手掌按在地板上，窃窃私语："由天所生之介质，汝主相召。吾与汝相连之日，即解约之时。"

她收回手抚在自己胸口，啜泣着继续说："由人所铸之介质，吾召唤汝。吾与汝相连之日，即订约之时。"

她用胳膊肘撑起自己，神思不属，忘却了身上的伤口带来的烧灼感与疼痛。她伸手拿起一片较大的玻璃碎片，紧握在掌中。碎片的边缘划破了她的手指。

格拉斯在阿维斯基面前停了下来，拉开她的衬衣，用刀切开她的背心。她的胸腔暴露了出来，那里有她的心脏。

"由人所铸之介质，"西奥妮几乎是默念完这句话的，"汝主相召。汝与吾契，不归尘土，不违此约。"

玻璃在她的指下颤动起来。黛丽拉的玻璃。成功了。

格拉斯勾起了手肘。

西奥妮的眼睛在镜子之间巡视着。她从格拉斯脑袋旁的圆镜子中看到了自己血染的肩膀，那面镜子同时还映出了靠在墙上的古董镜。

她想起了小餐馆中坐在桌对面的黛丽拉，叽叽喳喳，开朗活泼，对在化妆镜上耍的小把戏大笑不止。想起了她对魔咒的解说。

西奥妮面向支撑着她的古董镜，轻声命令道："镜像选择。"然后集中精力回想第一眼看到里拉时她的样子。一个美人站在艾默里家的厨房里，黑色的衣衫包裹着玲珑的曲线，热烈的红唇露出诡异的笑容。她想象着里拉巧克力色的卷发勾勒出她的脸型，垂落到肩膀。她还记得她眼中的光彩和腰带上挂着的血瓶。

不出意料，古董镜中浮现出了里拉的影像，惟妙惟肖。接着，那面圆镜子映出了里拉的脸。

格拉斯注意到了。他犹豫了一下，用余光瞄了瞄里拉的身影，最终转过了身。他或许希望她正站在那里，或许希望她已被解冻。

这样一来，他将自己的背留给了西奥妮。

西奥妮一踩地面，嘶喊着抑制疼痛感，猛地撞向格拉斯，顺势将手中的玻璃碎片刺入了他的背部接近胸腔的位置。

"破碎！"她吼道。

玻璃在她掌中碎裂，数十片玻璃碎片扎入了格拉斯的皮肤。

格拉斯感到一阵窒息。他抓住西奥妮的头发，将她扔了出去。她再一次地撞上地板，发出尖叫。新的碎玻璃又扎入了她原本就血迹斑斑的手臂。

格拉斯蹒跚地向阿维斯基走去，试图抓住她来支撑自己，但脚下一软，倒在了黛丽拉脚旁。体中的玻璃碎片锋利而快速地绞碎了他，而他又没有预先准备治愈咒。

西奥妮眼前的阴霾迅速蔓延开来，整个房间随之褪色。她的血变成了灰白色，就像是絮状的云飘过她的皮肤。

她爬向离自己最近的镜子，就在洒满细沙的桌子旁，用手指触摸它，在自己的影像上留下了血红的指纹。

帮助。她需要帮助……她模糊地记起黛丽拉在公寓的破镜子上施展过的魔咒，有气无力地说道："倒退。"

她的影像消失了，取而代之的是一间有着白色家具和华丽花瓶的明亮的房间。一只灰猫卧在沙发上，舔着自己的爪子。沙发背后的楼梯有着打磨一新的栏杆。

西奥妮的视线一片模糊，然后垂下了头和手。她发誓自己听到了魔法师休斯在叫她的名字。

第二十章

艾默里篇

伦敦城从艾默里的窗前掠过，由主城到周围居民区的路上，城市建筑的砖瓦与尖顶逐渐减少。火车轰隆隆地开往南方，联排公寓楼变成了独栋房屋，房屋的间距又逐渐拉大。时值夏末，沿途的植物黄绿驳杂。艾默里时而看着起伏的田野、灌木丛和稀稀落落的树林——远去；时而凝视着风平浪静，如同玻璃般平整的水面。他离故乡越来越远，离敌人越来越近，却无暇分辨这斑驳的色彩，无心计算火车驶过的距离。在他的脑海深处，全是幻象、锁链和折叠指法。而眼前，却只有一个影子——西奥妮。

他有多久没吻过一个女人了？他在心里慢吞吞地计算着时间。

三年？从分居过后，离婚之前算起。希望他没记错。

艾默里将手肘撑在火车车厢的窗户旁，继续想着西奥妮。一个月前，他曾想过等到她获得魔法师资格，就向她告白。那时候，西奥妮会是一名初级折匠，而他估计又会被派翠丝强塞给另一位蠢货学徒，两个人都开始了新的生活。他毫不怀疑，西奥妮只用最低年限两年就能通过考试，她很聪明，又求知若渴，还有令他吃惊的无与伦比的记忆力。

可最近几周，两年的时间显得越发漫长了起来。日历上的方格似乎越变越大，而拨弄钟表的手也越来越慢。自己袒露了太多心声——有些时候是身不由己的，使得两人间的某些东西发生了变化。一种需要数年才能建立起来的深刻的默契在数日之间就形成了，而她的喜悦、她的无私以及她的美让他愈发难以忽视这份默契。尽管他努力说服自己不要沉湎其中，然而理性已经不起作用了。

还有她的菜肴。天啊，那女人简直有双点"食"成金的手，让他大饱口福。不等她毕业，恐怕他就会长得比朗斯顿还胖了。

一缕笑容浮现在他的嘴角。他已经习惯了独自一人生活，两年来，他身边只有犟头做伴，但这并不使他困扰，除了偶尔会一个人陷入回忆，难以自拔。或许是红运当头，又或许是命中注定——上天把西奥妮送到了他的身边。在他自己都没意识到这个家已经逐渐变得黯淡沉闷的时候，她点亮了他的生活。为了救他，她傻乎乎地追着一个血割者到了海岸。但若不是因为如此，他也看不到她带来的光明。之前，她对他的这些想法一无所知。而现在，她已全然了解。

几乎了解了他所有的想法。

艾默里将注意力重新放回从窗前飞驰而过的景象上。他已经经过凯特汉姆①了吗？或许，留给他的时间不多了。在他最需要时间的时候，光阴竟然流逝得如此迅速。

一位穿着棕色西服的男人坐在了他对面较远处的座位上。但艾默里根本没有注意到他。

艾默里的一生中，只见过萨拉杰一次。那是在里拉抛弃了自己的灵魂，跟着格拉斯以及被这位血割者——不，玻璃匠——蛊惑的另一个人离开不久之后发生的事情。萨拉杰是个恶徒，精神扭曲得像是太妃糖，比世上所有穷凶极恶的犯人都要疯狂。他为了娱乐，杀害了不计其数的人；还会向追捕他的人吹嘘自己强奸了多少女人。一个站在社会秩序之外，拿着锯齿长矛渔猎百姓的人。

格拉斯是艾默里所知道的唯一一个能被萨拉杰引以为朋——甚至有可能可以控制住萨拉杰的人。如果休斯真的抓到了格拉斯，就能得知萨拉杰接下来会去哪儿，做些什么。一想到萨拉杰有可能接近西奥妮，艾默里就心乱如麻、坐立难安，几欲发狂。所以艾默里会同意这万不得已的办法，趁着萨拉杰还没发疯，谨慎地尝试抓捕他。艾默里想知道，这个血割者还能疯狂到什么样的程度。

但他并不打算真的知道。火车正在往他觉得有可能是萨拉杰最

---

① 英格兰的一个小镇。

后落脚的地方前进。他会看着这个人被关进牢笼，然后活着回去。他必须做到！

他终于有了一个使回家变得有意义的人。

快到中午的时候，火车到达了布莱顿①。艾默里雇了一辆车前往罗廷迪安②，接着步行到萨尔特迪安③，来到了海岸上。

萨尔特迪安曾因走私猖獗而远近闻名。它有着盛产崖盐的高耸海崖和位置隐蔽的沟渠，这使得非法停泊简单而隐秘。艾默里能尝到空气中的腥咸味，但和海的味道不同，这味道更像是血。

在远离海岸的地方，他能看到从法国刮来的暴风在英吉利海峡咆哮。他琢磨着风暴会不会今天就刮到他在的地方，看来布置符咒的时候要谨慎挑选位置了。休斯说其他人要明天才到。

艾默里仍提着箱子，在萨尔特迪安四处闲逛，观察每一处海崖。他又走进小镇，巡视稀疏的楼宇和零星分布的房子。他得找一处开阔并且没人居住的地方。在这样一个小镇中，这样的地方应该并不难找。他尽可能地远离小镇的北端，那里居民众多，繁华热闹。

他找到了一个三层楼高的中等大小的工厂，虽然饱经风暴侵蚀，但厂房保存得还很完好，环境也不错。闻起来，这里曾经可能是个制鞋工厂，但里面的东西几乎被搬空了。如此最好。

艾默里开始往罗廷迪安走，他需要买很多纸。

---

① 英国南部城市。

② 英国沿海小镇。

③ 英国沿海小镇。

艾默里睡得很少，这得感谢他的老朋友失眠症，总让他自己选择什么时候失眠。他花了大半夜仔细地折叠大大小小的纸，有些是供他个人使用的，有些是为了工厂中的决战做的准备。他用长满老茧的手指折出了四角星、安全锁链和诱捕锁链的链环，还有其他他能够想到的东西。至于工厂那边……他只能祈祷朱丽叶忠实地执行了计划，成功地将萨拉杰引到了萨尔特迪安。如果她没能做到，一切都会变成一个笑话。

清晨，艾默里走到了工厂附近的一条小巷中，旁边就是一间被充公了的五金店。他将这里作为见面的地方。九点刚过，两辆小汽车停了下来，魔法师坎特雷尔和几名警官走出来。朱丽叶，一位铁熔魔法师，年纪和艾默里差不多大。她在诺丁汉 ① 做了两年的副督察，虽然时间短暂，但战绩显赫，而后加入了刑侦局。这个身材修长的漂亮女人，如同行军一般大步走来，由于习惯使然，肩膀绷得很紧。跟派翠丝一样，她将头发紧紧地盘成了一个髻，使她的方下巴更加突出。四位警官跟随在她身边，从他们的步伐和姿势来看，显然都参过军。

"我很想说你看起来气色不错，艾默里。"她背着手，走近他，评价道，"但事实恐怕并非如此。没睡好？还是因为这里光线不好。"

她瞥了一眼阴沉的天空。

艾默里没有跟她寒暄。他挺喜欢朱丽叶的，但不想多费唇舌，"他

---

① 英国城市。

来了吗？"

"一切都按照计划在进行。"她一边说，一边继续走。警官们轻手轻脚地潜回车子里。"我们要快速地布置好，做好准备，让萨拉杰·培伦提措手不及。"

"我已经做了些准备。从这边走，有一个废弃的制鞋厂。"艾默里指出方向。接着从外衣里——那件灰绿色的——掏出一条安全锁链，递给她。

朱丽叶摇摇头，举起一只手，汽车在他们身后停下了。"谢谢你，但没这必要。"她绕到汽车的后备厢处，艾默里跟了过去。她打开了后备厢门，从一个厚纸板箱子中拿出了一条铁铸的链条，粗重厚实。"戴上这个。"她说，"就算湿了它也不会皱成一团。"

艾默里并没有抱怨，只是点了点头，从铁熔魔法师手中接过了这条新锁链。它比纸做的要重很多，但朱丽叶是对的——它也耐用多了。就防御性的魔咒而言，折纸有自己的局限性；当然，它也不怎么具有攻击性。但每一种介质都有优点和缺点。艾默里于九年前结束了自己的学徒生涯，他从中学到了这条真理并铭刻于心。

"其他人都留在布莱顿。"朱丽叶边说边在口袋里一阵翻找，掏出了一个地址，"如果可以的话，给他们寄只鸟去。当萨拉杰到的时候，他们是唯一能向我们示警的人。"

艾默里接过地址。朱丽叶从汽车后座拿出了一张轻型灰色卡片纸，和阴沉的天空几乎是同一个颜色。艾默里仔细地折出了一只强壮的鸣禽，下达了返回指令。这样，这只鸟就跟真鸟一样，送信后会返回出发的地方。

"朱丽叶。"

"嗯？"

艾默里将那只鸣禽放在掌中，"他们找到那个仓库了吗？里拉在吗？"

铁熔魔法师皱了皱眉头，"艾尔弗雷德说当地警方找到了仓库，其中还有碎玻璃，但她不在。现在还没找到她。"

这些话给他带来了些困扰，但并没有他想象中的那样难受。他胸口没有感到那种熟悉的刺痛或是焦虑，只觉得有只马蝇咬了他一口。他将这事放在一边——里拉现在是他最不关心的事情。

"呼吸。"艾默里低声对着那只鸣禽说道。然后，那小东西就在他的掌中苏醒了。他悄声下达了任务，鸟从他的手中飞起来，乘着西风前往布莱顿。

朱丽叶叹了口气，"千万别下雨。"

"不会的。"艾默里说，"至少现在不会。"

她轻嗤了一声，"你就这么肯定？"

"折匠都这么肯定。"他回复道，从汽车前返身，"让我带你去看看工厂。接着我们就来安置你的人马。"

时间滴答而过，很快，纸鸟飞了回来。

它准确地找到了艾默里和朱丽叶藏身的地方——就在五金店的

后面,然后拍拍已经有些皱了的翅膀,停在他的掌心。它看起来稍微经历了些风吹雨打,不过仍然能用。

"终止。"艾默里说,然后将鸟翻了一面。一行用墨水写下的小字位于纸鸟右翼下面:阶段性追踪,正在前往萨尔特迪安。或许他拥有的血不多了。无法使用远距离传送。

萨拉杰·培伦提直接冲他们来了。

艾默里将鸟递给朱丽叶。她的嘴紧抿成了一条直线,"如果那些小子没能把他赶到这儿,我的地雷会做到。我已经封锁了所有通往海岸和内陆腹地的路,它们只要感应到了他的血,就会爆炸。在那之后……我希望你的计谋万无一失,艾默里·塞恩。"

"如果不成,"他回复道,"那我就是个傻子。"

过不了多久,萨拉杰就会现身——纸鸟的速度只比人快一点点。枪击声回荡在萨尔特迪安岑寂浑浊的空气中。不是萨拉杰开的枪,而是那些追踪他的人。或许他们真想要击毙他,或许枪声只是警告。

接着传来一阵爆炸声,距他们很近,艾默里甚至能听到爆炸物弹到五金店上的声音——朱丽叶的某颗地雷,迫使萨拉杰离开了海岸,向工厂而来。

朱丽叶这回是真的笑了,眼睛虚了起来。"到那儿见。"她说,然后从五金店后面跳了出去,从夹克中抽出一些精巧的铜盘,边扔边下达指令:"目标!"铜盘在半空中疯狂地旋转,向前飞去,发出嗡嗡的声响，朱丽叶紧随其后。

艾默里数到八，然后朝相反的方向跑去。他从一个山坡上绕道前往工厂。一阵狂风将头发吹进了他的眼睛，第二阵风中弥漫着黑红色的烟雾，顷刻间又消散了。

艾默里摇摇晃晃地刹住了，鞋跟和倾斜的地面相摩擦。他身前不到十英尺的地方就站着萨拉杰·培伦提。他咧嘴笑着，露出两排洁白的牙齿。所以，他其实仍有足够的血液来远距离传送。

萨拉杰是个行动敏捷的男人，看起来快要四十岁，不过或许更老点儿，但黑色的皮肤掩藏起了岁月的痕迹，让艾默里难以用一般的方法来辨认年纪。他比艾默里还要高三英寸，双肩狭窄，手臂细长，窄脑袋，尖下巴，一头老气而醒目的浓密卷发在风中飞舞，露出了耳朵。

"艾默里·塞恩。"他的嗓音丝滑，出人意料的，音调竟有些高，"你正值体力的巅峰，然而我还是比你快。真令人意外。我本来很期待我俩能撞在一起的。你一直都挡在我和我最爱的猎物之间。"

艾默里嘲讽地鞠了个躬，眼睛仍紧盯着血割者的一举一动，"等会儿我再陪你玩儿。但首先我想要弄明白些事情。造纸厂的爆炸到底是怎么回事儿？还有你的其他举动？格拉斯想让西奥妮活着，而你有什么打算？"

萨拉杰咧嘴而笑，"这真是个无聊的游戏，卡嘎子 [①]。"他用了印

---

① 原文为印度语，"kagaz"。

度语中的"纸"，"自从你曾经的宝贝被冻住了以后，格拉斯就变成了一个——那词叫什么来着？狗杂种。天天在门口嗅着，想要肉骨头。我想继续往前，但总不能看着里拉将格拉斯牵制在英格兰，对吧？"

艾默里飞快地将手伸进衣服右侧的口袋，抓了一把折好的抛掷星星，然后撒向萨拉杰。撒出的星星覆盖范围很广。血割者侧身闪避，他们两人之间却回响起一阵枪声，这下他躲不及了，一道宽伤口出现在萨拉杰赤裸的右肩。

朱丽叶和其他警官爬上山坡，冲向他们，此时，萨拉杰的黑色眼睛中有阴影闪烁。趁着警察重新装填子弹，萨拉杰朝艾默里一笑，向后一跃，往工厂跑去，然后打破一扇本就有裂缝的窗户跳了进去，寻求掩蔽。

"别让他跑了。"朱丽叶气喘吁吁地对她穿着制服的同伴说，"找地方待着。史密斯守住后门。"接着大吼道，"剩下的跟我来！"

艾默里的血液加快了，全身充满了一种奇异的能量，跟着朱丽叶向前冲去。他的长衫在身后翻飞，如同斗篷。包裹在他身上的锁链有如窄钟一样叮当作响，带给了他些许安慰。不过，他仍旧必须保持从未有过的高度戒备。

他跟随其他人进入了工厂前门，确认门被锁好。萨拉杰不可能活着离开这栋楼，除非是戴着枷锁走出来。艾默里愤恨地思索如果英格兰又失去了一位折匠会怎样，他真该向刑侦局收费了。

萨拉杰并没有跑远，他站在一间敞开的大屋子远端，屋子的天花板很高,窗户上污迹斑斑,有几扇已经破损了。一些弯曲的齿轮和破烂的电缆散落在地上,估计是工厂搬迁时留下来的。老旧的木桶和板条箱靠着墙堆放。除了艾默里的身后,这间房子还有两个出口,都离萨拉杰很近。一个连着一条通往楼梯的走廊,另一个连着一间稍小点儿的屋子。那屋子有两扇门,朱丽叶焊死了其中右手边通向外面的门,另一扇门外的走廊则通往储藏室和供货间。

如果萨拉杰选择了第一扇门,即左边的那扇,他无疑会将自己困住;如果他选择右边……艾默里希望他选择右边。

但他并没有跑。他大刺刺地双腿分开站着,一瓶鲜血在一只已然血迹斑斑的手上来回滚动着,另一只手则徘徊在臀部的金色手枪附近。

朱丽叶先动了,挥手大喊道:"吸引!"

保护着艾默里的锁链似乎被朱丽叶所吸引,抬起头来;但这个魔咒并不是针对他的。萨拉杰的手枪从枪套中跳了出来,就像是被磁化了一样——它确实是被磁化了。他还没来得及抓回手枪,它就飞出了他的掌握范围,从三名跟着朱丽叶一起进入房间的警官中间穿过,然后贴了铁熔魔法师胯部的一条金属腰带上。

另一声金属互相撞击的声响将艾默里的注意力吸引到了一把小刀上,它也从空中穿过,贴上了朱丽叶的腰带。艾默里还从未见过这把刀离开过萨拉杰本人。

遗憾的是,装血的瓶子——血割者最强的武器——是由玻璃制成的。

朱丽叶抽出了自己的手枪：一把打磨得锃亮的左轮手枪，枪柄由象牙制成。西奥妮看到了，一定会发出嫉妒的惊叹。"我们的火器都是被施过魔法的，培伦提。"她说道，音量很大，语气威严，不只是要让人听到，"它们绝不会错过目标。现在就投降吧。"

萨拉杰只是笑。艾默里并没看到他拔出瓶塞，但他挥动手掌，往空中一推，正是里拉在战斗时最喜欢做的动作。

朱丽叶的锁链裹紧了她的身子。从发髻散下的一缕头发在空中急速鼓动，如同有狂风吹过，但身体的其余部分安然无恙。

"真是聪明。"萨拉杰说道，带有轻微的口音，"希望你能给我带来挑战。"

"火！"朱丽叶吼道。

萨拉杰向右移动，但并不是朝着出口去的。枪支开火声充斥了整间大房子，鲜血从萨拉杰的瓶中飞溅出来，在地板上留下一小摊一小摊的血迹。血迹向上拔起，如同生根的幽灵。子弹改变了轨迹，朝血迹飞去，错失了萨拉杰。

他使用了自己的血。施了魔法的子弹无法分清他的人和血。聪明。

当警官们开火的时候，萨拉杰绕着房间走向艾默里——那里离他进来的窗户已经非常接近了。艾默里冲向他，从外衣里拿出一个闪光星星——纸张被折成精细复杂的玩具风车头的样子。他将它扔出去,高喊道:"闪光!"

明亮的白光从星星的中心放射出来。亮光太过刺眼,连它的缔造者——艾默里的眼前都出现了点点黑斑。萨拉杰一个趔趄,飞快地眨着眼睛。

他很快找回了平衡,冲向艾默里。艾默里的安全锁链紧紧地护住了他的胸膛。萨拉杰只得再次移动,但这次他滚向一侧,猛推房间一侧堆着的两只木桶,一手一只。第一只木桶撞上了朱丽叶,第二只则像全速开动的小汽车一样撞向艾默里。

撞击似乎将他肺部的空气都挤压了出去,尖锐的疼痛划过肋骨。艾默里的脚腾空了,整个人向后飞去,直到撞上了工厂的墙,肩部首当其冲。

他听到了什么东西断裂的声音,然后重重地落在了地上。紧接着,疼痛扩散开来。

他的肺部终于又吸到了空气,火辣辣的痛感像是从领口蹿入的,从脖子的右侧一直蔓延到右臂,肌肉颤动着,疼痛持续着,就像是有把钻头在往肉里钻。他身子一滚,左肩着地,不让右肩承压。他的锁骨被撞得变形了,但没戳穿皮肤。这让人很是欣慰——留给萨拉杰一摊自己的血,后果跟被这血割者触到皮肤没什么两样。

他甩了甩头,用左臂撑起身子,活动了一下撞伤的地方,咬紧了牙齿。朱丽叶也从地上爬了起来。还好,当他俩不能行动时,其他的警官一直没闲着。其中的两名机智地绕过了萨拉杰的血液,击中了他。萨拉杰的右侧臀部以及右胸一直在流血。血割者用一只手压住胸上的伤口，默默吟咏着。当他放下手臂时，伤口消失了。治愈魔咒，使用得真是及时。

趁着其他人填子弹的档口，萨拉杰攻击了离他最近的警官，抓住他的脖子，像是要将他变为一道屏障。

然而，艾默里弄错了。萨拉杰扭断了那人的脖子。其他人只能干瞪着眼，看着他瘫倒在地上。

萨拉杰接着冲向朱丽叶，同时从口袋中掏出了一个小瓶，但里面盛着的不是血，而是牙齿。

艾默里跪在地上，从长衫中拿出诱捕锁链，扔了出去，命令道："捕获！"在萨拉杰逼近，就要触碰到铁熔魔法师的时候，锁链的一端绊住了他的脚踝。被施过咒的黄色牙齿从朱丽叶身旁飞过，如小子弹一般扎入了对面的墙上。

艾默里跳了起来—— 一阵刀割般的剧痛蹿上他的脖子，又游走到了手臂。萨拉杰单膝着地，但被绊倒时他狠狠地踢了一脚，将锁链撕成了碎片。纸符落到地面上，失去了魔力。

朱丽叶重新填满了她的枪，萨拉杰大步向后退去。他又将另一个木桶推向仅余的两名刑警之一，那人撞在了远处的墙上，然后一动不动了。

萨拉杰吟唱着，走向那个被扭断了脖子的人，将手伸入他的胸膛，掏出了他的心脏。与此同时，艾默里拿出了爆炸魔咒。

艾默里向前跑去,吼道:"别让他用那个!"

朱丽叶瞄准目标,开枪,子弹从那颗心脏的中心穿过,毁了它。萨拉杰咒骂一声,扔掉了心脏。子弹嵌入了他的掌心,血割者的血和死去的警官的血混在了一起。

萨拉杰完好无损的那只手摸索着血瓶的瓶口,拔出了木塞。他的"弹药"不多了——他们都清楚这点,但朱丽叶的手指放在扳机上,他没时间从刑警的尸体上采血。萨拉杰尖厉而疯狂地大笑起来,念出了几个词语,死者尸体中的血液开始沸腾,整间屋子弥漫着腥臭的水蒸气。萨拉杰向后冲去,在朱丽叶开枪的同时逃进了右面的出口。她的子弹跟血割者擦身而过,射入了墙面。子弹是被施了魔法,能自动追踪目标,但并不能拐弯。

最后一名刑警追向萨拉杰,双手紧握着手枪,朱丽叶紧随其后。艾默里用左手固定住右臂,也跟上了他们。他努力地跑着,咬紧牙关,不去管锁骨摩擦带来的灼痛。他屏住呼吸穿过红色的水汽,双眼通红。

艾默里踉跄地穿过通往外面的门所在的屋子,那个屋子稍小一点儿。墙上有个血手印,在走廊的尽头,他追上了朱丽叶。她追着萨拉杰来到了储藏室。

地板上铺着的一张纸,纸上血迹斑斑,还有被鞋子弄皱的痕迹,但仍然能用。艾默里走上前去,下达了一个简单的指令:"连接。"受到召唤的纸立了起来。

朱丽叶和刑警都举起了枪,指着萨拉杰。他手中握着血瓶,嘴里仍然念念有词。

"你们应该知道没有墙能挡住我的。"他洋洋得意地说道,"下次我们该在我的主场玩儿了吧。"

他翻倒瓶子,冰冷的鲜血洒在了地上。只一瞬间,萨拉杰的脸就垮了下来。他尝试了远距离传送,但那血并没什么反应。

他瞪大了双眼,冲向窗户,使劲击打它,然而只留下了指节的血印记。窗户并不是玻璃做的,实际上它根本就不存在,只是一个幻象。萨拉杰的拳头落在了房间的混凝土墙上。墙上,是艾默里刚刚封上的纸百叶匣子,匣子内面画着幻象。

萨拉杰的魔法在这里不起作用,但枪仍具威力。

"举起手来,不然我就把你的手轰掉!"朱丽叶呵斥道。

萨拉杰咧嘴笑了。左轮手枪开火的声音惊了艾默里一跳,朱丽叶打中了萨拉杰的小腿。

血割者举起手,跪了下去,但看起来丝毫不觉得疼痛。"玩得不错。"他喘息着说道。当警官戴着手铐走近时,他又开始吟咏起来。不,不是吟咏,是歌唱。艾默里辨识出了歌词。

鹰隼来了走

钱就这么被花光

砰！黄鼠狼被抓住了……①

艾默里弯下了腰，将右胳膊肘放在左手上。他身后是纸做的墙，可经不住他倚靠。这首歌再搭上百叶匣子，还真是应景。

"告诉其他人。"朱丽叶对那名刑警说，"我们会将他押往伦敦。"

---

①改编自一首英国著名儿歌。英国多以这首歌指代某种游戏，此处意指萨拉杰被包围住了，脱身不得。

第二十一章

黑暗开始有些变化了。

有隐约的声响传来,如同流水一般从阴影的某处淌过,她跟随着它们,上下起伏。她的身子很沉,害怕就此沉没。

她又一次浮了起来,声音好像变大了些,又或许只是因为更嘈杂了。听起来像是在远处有一场风暴。

她抽搐着,有一会儿觉得自己失重了。接着,身子撞击到了某个坚实的东西上。

在黑色水流的某处,似乎有数千只水蛭贴上了她的皮肤,蠕动着饱餐一顿。皮肤像是被针扎一样疼痛。

她大口喘着气。

"现在就去找他！"一个男人的声音吼道，"他不需要血了，而她现在浑身都是血！"

有什么冰冷的金属质地的东西像蛇一样沿着西奥妮的身子贴上了她的皮肤，凉意席卷全身。

"他来了！"一个女人叫道。

西奥妮听到在黑暗中的某处，传来了一阵吟咏，喃喃地念白着古老而陌生的文字。她的皮肤能感到热量。她熟悉这股热量。

吟咏停了下来。"得把玻璃弄出来，不然魔咒起不了作用。"这个声音说道，听起来比其他声音冷静多了。

波浪向西奥妮荡过来，将她卷入了黑暗之中，身子也被翻转了一面。一只水蛭从她的皮肤上掉下去了，接着又是一只。吟咏又开始了，热量也再次传来。她在浑浊岛上感受过的那种热量。影影绰绰的亮光和阴影混杂在了一起，就像是被层云笼罩的日出。

一个血割者。

不要！西奥妮在心里叫道，但嘴却动不了，眼睛也睁不开。水蛭纷纷掉落，被烧干净了，声音也渐渐消失，水将她淹没。

等西奥妮睁开双眼时，发现头上是一圈关着的电灯。就像是一双双带有灯丝瞳孔的玻璃眼睛，正居高临下地盯着她。她眨了眨眼，让视线聚焦。灯泡的尾部是黄铜制成的螺旋扣套，合在一起看就像是倒放的花束，插在灰色板条的天花板上——这天花板她从未见过。

她又缓缓地眨了下眼睛，因为眼皮太沉重了。她的整个身子都很沉，就像是被木头雕成的一样。她用干燥的舌头舔了舔干燥的嘴巴，尝到了沙子的味道和酸味。头很疼——在脑袋深处，似乎有什么东西在缓慢、沉重地撞击着她。

她看了一眼盖在胸腔上的橄榄色毛毯，她的两只手臂平搭在上面，左腕上系了根细绳，挂着一张标牌。她直直地盯着标牌，直到眼睛聚焦到了上面的名字：西奥妮·特维尔。她动了动，感觉到自己被某种不熟悉的硬挺的材料包裹着。她从枕着的厚枕头上伸长脖子，去看自己穿着什么东西——一条白色的亚麻裙子，或者说是袍子，几乎将她的下巴都盖住了。

她看向右边，有一排洁白而平整的床铺，床两侧是低矮的栅栏，就跟婴儿床似的。在房间的角落、靠近房门的地方，放置着一面带有旗杆的英国国旗。这是一间医院。她在医院中。

她又朝左边看去，但一幅飘动的帘子挡住了她的视线，让她看不到这个公用大病房剩下的部分。一把简陋的没有坐垫的木椅子放在床边，上面摊着一本翻开的《双城记》，读了一半。

她举起手揉了揉眼睛，手臂的沉重使她吃惊。她曲起手肘，检查自己的手掌。

这时，她记起来了。

房子。格拉斯。窗户，镜子。血，玻璃。魔法师阿维斯基。黛丽拉。

她抓住狭窄的床褥的侧面，想要坐起来。但整个病房都在她周围旋转了起来，空空如也的肚子泛起恶心，几欲作呕。她倒回床上，床框上的金属栏杆吱吱作响。

她又举起手细细审视。她记得玻璃碎片嵌入了血肉，也记得皮肤上的伤口组成的图案。在记忆中，她还能清晰地看到它们，但手上却没有绷带，也没有伤口。她举起另一只手，记得当自己挥舞玻璃碎片时，它是怎样扎入她的手指的，但同样，这只手也没有任何伤疤。

只是做了一个梦吗？可一切那么鲜活，那么真实。如果是梦，她为什么会在医院？

她是否还活着？

她戳了戳脖子背面——头发被扎成了一条松垮垮的马尾——试图触碰瘀青和伤口，但摸到的皮肤却很光滑。接着，她按了按浮肿的脸颊，但没有痛感，只能感受到指尖的压迫。

"西奥妮。"

西奥妮抬起头，看到艾默里绕过帘子走了进来，他仍穿着前往火车站时的那身衣服。一看到他，她的心跳就加速了，但转而发现他的肩膀上悬着一条绷带，吊着右边胳膊，心又沉了下去。

"你受伤了。"她说，声音嘶哑而刺耳。

艾默里消失在了帘子后面，她听到他在叫人送水来。过了一会儿，一位白衣护士拿着水罐和玻璃杯绕进了帘子。她将杯子放在西奥妮床边的小桌上，往杯中倒了些水，抬起西奥妮的头，让她能够喝到水。

清凉的水浇灌着她的喉咙，流经四肢百骸。她一口气喝光了水。护士重新倒了一杯，吩咐她小口小口地啜饮。

西奥妮喝完水，咳嗽了两声。护士将手放在她的额头上。"你看起来挺好的。"她说，"但我还是得让医生来看看你。你感觉怎么样？"

西奥妮打量着护士和艾默里。"感觉？"她重复道。

"拜托。"艾默里说道，"她才刚醒。让我先跟她说会儿话吧。"

护士点头离开了，留下了水罐和杯子。

艾默里重新给杯子倒满水，将小说放在地上，坐上椅子。他握住西奥妮的手——用可以自由活动的那只，他那温暖的皮肤轻触着她。

西奥妮向上耸了耸身子，虽然完全不能算坐起来。"你的手臂，"她说，"但你平安回来了。"

他朝她笑了。发自内心的笑容点亮了他的双眼，使他的唇角微微勾起。"实际上，应该是我的锁骨。"他说，"但再过七周就能恢复了。"

"七周？"她重复道。脑袋很疼，脸不由得皱了起来。

艾默里抓紧了她的手，"哪儿疼了吗？"

"没关系。我……我在这儿待了多久了？"

"魔法师休斯九天前把你带到了这里。"艾默里说，"我才刚到两天。"

"九？"西奥妮重复道。

艾默里点头，"向你施加的魔法会使你的身体非常疲乏，他们希望能让你自己醒来。"

西奥妮的呼吸加快了，感到一阵心慌意乱。她好像忘记了什么事情，但越是想要抓住它，它就流逝得越快，如同指缝间的流沙一样。

艾默里倾下身子，抚摸着她的头发，"嘘，你现在很安全，平安无事；我们都没事儿。你现在需要休息。"

"我已经休息九天了！"她喊道，然后停顿了一下，缓缓地做了一个深呼吸，让自己平静下来，"什么魔咒？"

艾默里皱了皱眉头，"虽然内阁没有对外公布，但实际上并不是所有的血割术都是非法的。有一些被他们用来应对像你这样的特殊情况。"

西奥妮的皮肤变得冰冷，"一个血割者……对我做了什么？"**为了救她，他杀了谁？**西奥妮的脑海中全是黛丽拉被绑在椅子上的场景。

她的皮肤上起了一层鸡皮疙瘩，肠子绞了起来。

"是的，他治好了你。"艾默里回答道，眉毛展平成一条直线。眼神不再那么高深莫测，而是充满了担忧，"抱歉，那时候我不在。为了保护你，我离开了你，但看起来这是我做得最错的事情。"

西奥妮摇摇头，这一动作却让她的头盖骨抽痛起来。

"黛丽拉,阿维斯基。格拉斯——"

他用拇指摩挲着她的手背,"格拉斯死了,而且已经被火葬了。黛丽拉……"

西奥妮的嘴又有些发干,"她……她还好吗?"

艾默里垂下了眼睛,"我很抱歉,西奥妮。"

西奥妮咬住嘴唇的内侧,但这无济于事,眼泪仍然淌了下来。艾默里将她的指关节——毫发无伤的关节——放到他的唇上,没有说话。西奥妮用自己的另一只袖子堵住嘴巴,压下一声啜泣,然后一头栽倒在枕头上,盯着天花板,努力不去一遍一遍地回想黛丽拉死亡的情景。

西奥妮想起了安妮丝·海特,她中学时期最好的朋友。海特自杀了,如果西奥妮及时赶到了她的身边,也许她现在还活着。只不过,这一次,西奥妮的过错更大。西奥妮就在现场,然而还是……

医生来了,开始为西奥妮听诊。艾默里退开了一步。医生没问她为什么哭,只是温和地问了些一般的问题——她感觉怎么样,头痛不痛,还有没有其他痛的地方。西奥妮只能用点头来回答。医生说她一小时之内就能出院,然后离开了,走的时候拉上了帘子,给他们留下私人空间。

艾默里坐回椅子。两人都沉默了很长一阵子。

西奥妮等到脸颊上的泪水都干了,才开口问:"魔法师阿维斯基呢?"

"多亏了你，还活着，状况也不错。"艾默里说，"自从我来这里以后，她每天都会来探视两次。"

西奥妮长舒了一口气，感到欣慰了些，至少她救下了其中一人，"我的家人呢？"

"他们已经回家了，准备彻底搬走。你的父母今早都还在这里，等你出院了你得跟他们联系。"他顿了顿，"如果你愿意的话，也可以由我跟他们联络。"

"他们都平安吧？"她一边问，一边观察着他的眼睛，探究是否还有事情瞒着她，"萨拉杰？"

"萨拉杰被捕了。"艾默里的语气笃定，眼神也变得坚毅，"我们运气不错，再加上一些计谋，最终让他束手就擒。不管怎么说，我们成功了。"

"我们。"她重复艾默里的话，"你不是一个人去的。"

"不是。内阁绝不会让人单独追踪血割者的。"他看了眼自己的绷带。

"但他曾经也被逮住过。"

艾默里皱皱眉头，"是的。"

"后来又逃跑了。"

"这次不会了。"他叹了口气，安慰她道，"等所有事都安排妥帖了，我再跟你讲剩下的事情吧。"

"你保证？"

"我保证。"

西奥妮一直盯着天花板看，直到艾默里向后移了下椅子，站起身来。

"我去联系你的父母，再完成你的折纸作业。"他说。

西奥妮抓住了他的手，拉住了他。"我得跟你说件事。"她低声说道。

他抬起眉毛，可还是顺从地坐回了椅子上。

西奥妮抿抿嘴唇，打量了一下四周，确保没人偷听，"他做到了，艾默里。他打破了自己和玻璃的契约。格拉斯死的时候已经成了血割者。他……他是用黛丽拉的血来订立契约的。"

艾默里眉头紧蹙，"根据我收到的情报——尸检报告来看，恐怕实情确实如此。"

"还有，我也打破了我的契约。"她悄声道，"我是一个玻璃匠了，艾默里。"

他从她的身边退开，难以相信她的话，"你受了很重的伤，西奥妮。也许你会有些——"

"给我一面镜子。"她说，"我证明给你看。"

艾默里和她对视良久，最终从椅子上站了起来，转身离开。不一会儿，他带着一面有金属手柄的小镜子回来了，看起来很像是西奥妮的牙医用来观察牙齿背部的那种镜子。

西奥妮从他手中接过镜子，按照记忆中黛丽拉做的那样，抚摸着小镜子的边缘,命令道:"镜像选择。"

她将镜子递回给艾默里。当他看到镜子中新出现的影像时,眼睛虚了起来。那是黛丽拉——她带着笑容的脸庞,同她们在小餐馆吃饭那天一模一样。那时,她们的世界还没有天翻地覆,西奥妮没有命悬一线,黛丽拉也没有在黑暗中挣扎。

艾默里放下了镜子。"怎么做到的?"他问道,"但或许我并不是很愿意知道。"

"你和铸造你的介质的原材料解约。"西奥妮低声说,"我通过魔法师阿维斯基家镜室中的木地板解开了契约。接着,你再和自己连起来,最后和新的介质订约。艾默里,这样就能打破旧的契约,订立新的契约。我想我能够再做一次。我希望能如此。我不想做玻璃匠。我需要沙子。"

"沙子。"他若有所思。

她侧转身子,紧抓住艾默里的手臂。"别告诉其他人。"她请求道,"如果这秘密落入了坏人之手……哦,艾默里,血割者会用这样的魔法做些什么?他们已经如此强大了。"

她想起了黛丽拉瘫软在椅子上的情景,喉头一哽,只好克制自己不再去想。

"你应该报告这件事。"艾默里坐进椅子里,说道,"但我不会强迫你,也不会吐露一个字。"

西奥妮长舒了口气,"谢谢你。"

艾默里点了点头。他将手臂从她的手中抽出来,然后与她十指相扣。

"她救了我。"西奥妮喃喃说道,"黛丽拉救了我。她教会了我那些魔咒,那时她也不知道我会用到它们。如果她没这样做,我就死定了。魔法师阿维斯基也会死。格拉斯想要她的心脏。"

格拉斯。西奥妮打了个寒战。

"他们会怎么做?"她问道。

艾默里倾身靠近她,"你指的是什么?"

"我……我杀了他,艾默里。"她的声音近乎耳语,"我刺伤了他,然后打碎了玻璃。我杀了格拉斯。"

"你救了自己,同时还救了一位德高望重的魔法师。"艾默里说道。他放开她的手,抚摸着她的面颊,"如果他们会做什么的话,西奥妮,他们会嘉奖你。"

西奥妮的胃里一阵翻腾,"我不想被嘉奖。"

"那他们就不会那样做。"他承诺道,"这件事,就到此为止了。如果你愿意的话,我们马上就回家。然后你就可以重新和纸订立契约了。"

西奥妮点点头,"我想,而且我会的。我肯定能够做到。"

艾默里站起来,弯下腰,抚开她前额的头发。

"我去处理些事情,马上回来。然后我们就一起回家。"他说。

西奥妮点头答应,一股小小的暖流冲上她的心头。她紧紧搂住、细细品味着这份温暖，看着艾默里离去。艾默里，这个纸魔法师。她是多么爱他。

西奥妮哼哼唧唧地坐起来，伸手去拿水罐。但她半途停了下来，研究着伸出去的那只手。这只手，曾将玻璃刺入格拉斯·寇伯特的身体，杀死了他。这只手，使她成了一名玻璃匠。

她将手收回，用一根手指抚摸手掌和关节上本该是伤痕的地方。她现在是一名玻璃匠，但今晚，她会再次成为折匠。

西奥妮突然意识到，格拉斯辛苦追寻多年的秘密就在她的手中，这一秘密不被任何活着的魔法师所知：打破和重铸契约的秘密。她曾是一名折匠——她本该永远是名折匠——但她可以成为玻璃匠、皮匠、火匠、聚酯纤维匠。她甚至可以成为一名铁熔魔法师。

西奥妮握紧拳头，在病床上翻过身子，望向身后的窗子。窗外，医院临街的院子里，小汽车一辆挨着一辆停着。初秋的第一片黄叶从空中飘落，被夏末的风卷走。西奥妮突然明白了一件事。

从今日起，她能成为她想成为的任何人。